天国の修羅たち

深町秋生

角川文庫
23282

天国の修羅たち

主な登場人物

神野真里亜　警視庁捜査一課所属の巡査部長
樺島順治　新宿署のマル暴刑事
近田巌夫　組特隊（組織犯罪対策特別捜査隊）隊長
町本　寿　元組対部参事官。現在、交通聴聞官
納見一久　人事一課の監察官
美濃部尚志　警視総監
国木田謙太　国会議員
本並一泰　東鞘会系鞘盛産業社員
門馬秀一　東鞘会系熊沢組元幹部
生駒・豊中　華岡組に雇われた殺し屋
宮口暁彦　ジャーナリスト
車田　拓　ジャーナリスト。元刑事

1

神野真里亜は駆けた。息を弾ませる。彼女が走っているのはトラック競技場でも、公園のランニングコースでもない。

脚力には自信があった。だが、
道端でダべっている客引きを避け、横並びで歩く酔っ払いたちの間を割って入る。花金とあって歌舞伎町の賑わいは祭りのようだ。

花道通りは車道まで人があふれ返り、ベンツやレクサスなどの高級車で渋滞ができている。

真里亜はのろのろと進むベンツの前を横切った。実業家風のドライバーが長々とクラクションを鳴らし、口汚い罵声を浴びせてきた。構っている暇はなく、真里亜はひたすら男を追った。

パンツスーツ姿の真里亜と違い、目標の男は有名スポーツメーカーのジャージの上下を着用していた。ジャージは運動に適しているが、着ている本人はだいぶ大柄で、そのうえ無駄な肉がたっぷりついていた。道行く人を次々に突き飛ばして正面突破を図る。

「待ちなさい！」

真里亜は男に制止を呼びかけた。無茶なスピードで走るフードデリバリーの配達員の自転車をギリギリでかわす。

涼しい秋風が吹きつけてくるが、今の真里亜には焼け石に水でしかない。今回の聞き込みの相手はもっぱら裏社会の住人が中心なので、護身のために特殊警棒をベルトに差し、スーツのなかには防刃ベストを着こんでいる。身体が燃えるように熱く、ベルトが擦れて腰の皮膚がヒリヒリと痛む。

男が女性連れのホストと正面衝突をした。ホストが後ろにひっくり返り、秋雨で濡(ぬ)れたアスファルトのうえに尻餅(しりもち)をつく。

サテン生地のスーツを台無しにされたホストが、鬼の形相で男を見上げた——が、すぐにヘラヘラと頭を下げる。相手は今や歌舞伎町の大部分を仕切る関西系暴力団の現役ヤクザだ。

「このボケが！」

男は再び駆け出した。水溜(みずた)まりを踏みしめ、ホストに泥水を浴びせる。

ホストと衝突したおかげで男との距離が一気に縮まった。真里亜は後方から近づき、男の右手を摑(つか)んだ。

「邪魔や、女刑事(メスデカ)！」

男が身体をひねり、真里亜を振り払った。

勢いあまり、真里亜の顎に手の甲が当たった。ガツンと顎に衝撃が走り、下唇に熱い痛みを感じた——駆けっこを終える口実ができる。

「公務執行妨害。現行犯で逮捕します！」

真里亜はすかさず男の右手首を両手で掴み、内側にねじり上げて背後に回る。男は苦痛に顔を歪めて路上に膝をついた。

「なにが公務執行妨害や、コラ！　ド汚え真似しくさりやがって」

男は腕を極められると、後ろを振り向いてさかんに喚きだした。焼肉を食べた後らしく、ニンニク臭い息が真里亜の顔にまで届く。ヤクザは概して声がむやみに大きい。酔っ払いやカップルがやじ馬と化して集まる。

「ちょいと、ごめんよ」

やじ馬の間をすり抜けて、相棒の樺島順治が追いついてきた。

樺島は身長百九十センチの巨漢で柔道四段の猛者だ。四十半ばであるうえに痛風持ちなので、走るのを苦手としていたようだ。汗びっしょりになりながら、真里亜たちに近づく。

「大丈夫か」

唇が切れているらしく、血の味が口内いっぱいに広がっていたが、真里亜はうなずいてみせた。

樺島は真里亜の顔を見て、表情をガラリと変えた。怒りに顔を歪ませると、男の首根っこを鷲掴みにした。男が短くうめいて歯を食いしばる。

「おい、てめえら見世物じゃねえぞ」

樺島がドスを利かせてやじ馬に唸ってみせた。

彼は口の周りにヒゲを蓄え、眉毛を細く剃っている。新宿署のマル暴刑事のなかでもとりわけ迫力があり、ヤクザよりも凶悪な顔面と言われている。やじ馬は関わり合いを避けるように散っていく。

樺島が男のジャージのポケットに手を突っこんだ。ゴツい形のフォールディングナイフが出てくる。

「おやおや。垣内、こんなブツ持ってるからって、こうも逃げることはねえだろうよ」

「自分ら木っ端の点数稼ぎに貢献する気はあらへんで」

垣内と呼ばれた男は忌々しそうに唾を吐いた。樺島がおかしそうに笑う。

「ただ話を聞きたかっただけで、お前の身体をイジる気なんかなかったのにな」

樺島が目で真里亜に合図した。真里亜は男の手首から両手を離した。

垣内はため息をついて右手首をさすったが、彼女はベルトホルスターから手錠を取り出し、今度は垣内の両手を縛めた。

「この女刑事……どないなるか覚えとけよ。仲間呼んでグチャグチャに輪姦したるわ」

「覚えとくのはてめえだ、チンピラ」

樺島が右手の力を強めた。垣内が首の痛みで顔をくしゃくしゃにする。

「こちらは神野部長刑事だ。女刑事(メスデカ)じゃない。もう一度口にしてみろ。泡吹くまで道場で汗搔(か)かせてやる」

垣内がたまらず、ひいひいと声を上げる。

真里亜は思わず顔を背けた。今回は組対部との合同捜査であり、ヤクザには決して甘い顔を見せるなと厳命されている。しかし、相手が反社会的勢力の人間とはいえ、過剰な暴力は好きになれなかった。

男性社会である警察組織では、女性警察官を飲み会の接待係や花嫁要員と見なすセクハラ男が少なくない。だが、樺島は外見こそ厳(いか)ついものの、真里亜に対して敬意を払ってくれている。そんな彼でさえ、極道相手となれば、容赦なく鬼と化すのだと知った。

「前科持ちのヤクザがナイフ持ち歩いた挙句、刑事にケガをさせたうえ脅迫までしたとなりゃ、だいぶ長い旅に出ることになるかもな」

樺島がフォールディングナイフを開いた。肉厚のステンレス鋼のよく切れそうな刃が現れる。

「それとも、お前がこれでグサッと殺(や)ったのか。宮口(みやぐち)を」

「……ア、アホなこと抜かすなや」

真里亜は首を横に振った。

「我々は少しもアホだなんて思っていない。あなたたち栄(さかえ)興業の構成員の犯行を疑っている」

一週間前の深夜、新大久保のコリアンタウンの中層マンションで殺人事件が起きた。被害者は高名な老ジャーナリストの宮口暁彦で、殺害現場は彼が事務所としていた三階の部屋だった。宮口は事務所の書斎で床に倒れた状態で発見された。

宮口は首や心臓などの急所をめった刺しにされ、頸動脈まで切断されていた。そのため室内は血の海と化し、書棚に置かれた大量の書籍や、執筆机に置かれた原稿までが血を浴びて赤黒く染まっていた。

新宿署と機捜隊による初動捜査によれば、犯人は複数と見られ、ハシゴを使ってベランダから侵入。掃き出し窓をトーチバーナーを使った〝焼き破り〟ですみやかに破壊、ターゲットの宮口に襲いかかって致命傷を与えたとされる。遺留品が少なかったことから、犯罪のプロによる犯行と思われた。

建物に設置されていた防犯カメラを一台残らず破壊し、周辺のコインパーキングやビルの正面玄関に取りつけられたカメラのレンズも塗装スプレーで塗り潰すなど徹底した工作からも明らかである。

宮口は巨大宗教団体やパチンコ業界といった、大手メディアが尻込みする分野にも果敢に切り込む怖れ知らずのノンフィクション作家であり、彼がもっとも得意としていたのが暴力団だった。

とくに日本最大の関西系暴力団の華岡組に対し、まったく物怖じせず、歯に衣着せぬ物言いで組長や執行部を批評することでも知られ、七十を過ぎた現在でも裏社会に通じた業界のトップランナーだった。

　宮口は過去に二度にわたって華岡組の刺客に襲撃されている。一度目はバブル期で、先代の華岡組組長の人柄とその組織の内部事情をあけすけに暴露したことが理由だった。何人もの直系組長から出版を取り止めるように懇願されていたが、それを拒んで本を刊行した。そのため、激怒した華岡組系のヤクザにナイフで背中を刺され、内臓に達するほどの重傷を負っている。

　二度目は十五年前だ。華岡組のなかでも名門といわれてきた二次団体の西勘組の内輪揉めを詳細に書き、同組の鉄砲玉にコンバットナイフで太腿の動脈を切断されかけた。

　それでも宮口の筆勢は衰えを知らず、現在も夕刊紙や週刊誌を中心に、暴力団の情勢を書き続けると同時に、西勘組に対して民事訴訟を起こし、当時の組長と最高幹部から約二千万円もの解決金をせしめてさえいた。

　ここ最近の宮口は、華岡組を殊更刺激するような記事は書いていない。関東の広域暴力団の東鞘会が熾烈な内部抗争を経て壊滅状態に陥り、その隙に華岡組が首都東京を呑みこんだ。いまや新宿や赤坂、銀座といった東京の歓楽街を完全掌握しつつある――最後の連載にはそうとだけ記していた。

　現在の暴力団事情を考慮すれば、宮口の記事は事実であり、むしろ華岡組にとっては株が上がる内容だ。

　だが、宮口と華岡組の間には数十年にわたる因縁があるだけに、〝巨星宮口、凶刃に斃れる〟という一報が入ると、各テレビメディアはトップニュースで報じ、新聞の社会面でも大きく取り上げた。

今日の大手紙の社説でも、宮口の死が取り上げられ、これは表現の自由に対するテロリズムであり、民主主義を否定する暴挙だと論じられていた。宮口が連載していた夕刊紙では、さっそく華岡組の犯行ではないかと匂わせる飛ばし記事も書かれている。

著名なジャーナリストの惨殺事件は、警視庁にとっても存在意義が問われる重要事案であり、同時にかねて目の敵としていた暴力団を一掃する好機と捉えられている。百三十人体制で組まれた特捜本部には、殺人捜査を手がける真里亜ら捜査一課と新宿署だけでなく、広域暴力団や半グレの動向を知る組対四課や組織犯罪対策特別捜査隊のメンバーも加わっていた。

新宿署のマル暴刑事の樺島とバディを組み、真里亜は新宿界隈に潜む裏社会の人間から聞き込みを行っていた。宮口殺しで警視庁が大々的に動くと知り、歓楽街で大きな顔をしていた地回りや怪しげな輩は厄介事を避けるためか、大抵は街から姿を消しており、情報を持っていそうな者を見つけるのに苦労していた。

暴力団絡みの殺人事件と睨みつつも、プロと思しき者の犯行であるだけに、実行犯の犯人像の絞り込みは進んでいない。

垣内が弱り切ったようにため息をついた。

「なんで、わしらが宮口を殺さなあかんねん。関係あらへんがな！」

真里亜は垣内の表情を注視した。

垣内はコワモテの樺島に対しても、目をそらさずにはっきりと答えている。彼が華岡組の主流派である琢真会系栄興業の幹部であっても、宮口殺しに関する情報を持っている可能性は低そうだった。

樺島が鼻で笑ってナイフをしまう。

「てめえがナイフなんか持ち歩いたうえ、刑事に向かって殴りかかったのは紛れもない事実だ。ゆっくり事情を聞かせてもらおうじゃねえか。せっかく歌舞伎町で顔が売れてきたのに、態度次第じゃ刑務所暮らしだな」

「宮口を殺したんは東鞘会のほうやろ。こっちに罪なすりつけたんや！」

「へえ、そうなのか？　だいぶ舌が滑らかになって来たじゃねえか。交番はすぐ傍にあるし、言い分はゆっくり聞かせてもらうとするか」

樺島が垣内の肩に手を回し、ヘビのように絡みついた。

応援の制服警察官がふたりやって来て垣内を取り囲んだ。真里亜は垣内を逃さないよう右腕を摑み、彼らとともに徒歩で移動した。歌舞伎町のマンモス交番は目と鼻の先にある。花道通りを西へと進んだ。

切れた唇の出血が止まらず、顎のあたりを伝う。樺島が白いハンカチを差し出してきた。

「よかったら使ってくれ。さっき取り替えたばかりで洗い立てだ」

「ありがとうございます」

真里亜は素直に受け取った。顎から滴り落ちそうになる血を拭う。

ハンカチは清潔で柔軟剤のいい香りがした。樺島の家族は中野の官舎に住んでいる。夕方に彼の妻が着替えを持ってくるところに出くわしていた。

〝顔面凶器〟などと語られる樺島とは対照的に、妻は元保育士ということもあり、可憐な印象のある小柄の女性だった。着替えを受け取るときの樺島はヤクザ者を相手にしているときとは違い、デレデレとした笑顔を見せていた。

彼とバディを組んで今日が初日だ。真里亜は彼の人柄をまだ知らない。彼の顔面力に圧倒されそうになったが、家庭人である一面や、相棒に対する思いやりにも触れ、親切で優しい人間なのだとわかった。今回はうまくやっていけそうな気がした。

警察官は総じて縄張り意識が強い。殺人といった重大事件が発生すれば、本庁から真里亜たち捜査一課員が所轄へと乗り出す。とはいえ、捜査一課の証である赤バッジをつけていれば、誰もが無条件で敬意を払ってくれるわけではない。とくに真里亜のような二十代の女ともなれば、軽んじてくる者のほうが多い。

垣内が歩く速度を落とした。真里亜が腕を引っ張り、樺島が彼の背中を強めに押す。

垣内は大げさに咳き込んだ。

「なあ、考えてみいや。わしらが今さら宮口の爺なんぞに手出すわけないやんか。あの爺さんが興味持っとったんは、東鞘会と自分ら警察の関係やぞ。宮口殺したんは、自分らちゃうんかい？」

樺島が鼻を鳴らした。

「なんだ、お前。変なクスリにまで手出してるわけじゃねえだろうな。しょうもない陰謀論かましやがって。口利いてくれるのはありがてえけどよ、交番に着いてからにしてくれ」

垣内が舌打ちした。真里亜が樺島に目で尋ねる——東鞘会と警察の関係とは？

「例の〝兼高ファイル〟のことだよ。くだらん与太話だ」

樺島が耳打ちしてくれた。

東鞘会はつい一年前まで、構成員約七千人を誇る関東最大の広域暴力団だった。かつては関西ヤクザよりも獰猛な集団として知られていた。

同会の歴史は血に塗れている。六年前、五代目の氏家必勝の死をきっかけに激しい内部抗争が繰り広げられた。

東鞘会が内部分裂を起こし、必勝の実子である氏家勝一率いる和鞘連合が後継者の神津太一を暗殺。一方の和鞘連合も最高幹部数名が拉致され、この世から姿を消している。

熾烈な抗争の果てに勝一が海外へと逃亡し、和鞘連合は崩壊に追いやられた。東鞘会は七代目に十朱義孝を擁立し、抗争は終息したかに見えた。

厳冬と言われる時代のなかにありながら、カリスマ性と胆力を持った十朱は、先代たちが提唱していた海外進出を忠実に実行。タイの在留邦人を相手としたドラッグ密売や高利貸しを皮切りに、人身売買や臓器ビジネスを展開していた。

組織の国際化を徹底して行い、不景気と高齢化社会に喘ぐ日本国内にとどまることなく、著しい経済成長を見せる東南アジアや中国などに進出して莫大な富を築き上げた。一時は華岡組よりも勢力を伸ばすのではないかとさえ噂されていたが、このヤクザ組織の異常ともいえる暴力性が仇となった。海外に逃げていた氏家勝一が米国の民間軍事会社の元社員を引き連れて国内へと舞い戻り、十朱の最側近たちを葬り去ったのだ。勝一は東鞘会の中核組織である神津組の切り崩し工作をも進め、東鞘会の稼ぎ頭といわれた三國俊也を寝返らせた。

無敵と怖れられた十朱も、同じく神津組の幹部の兼高昭吾に襲われて銃撃戦となり、最後は三人の警察官を死傷させながら頭を撃ち抜かれ、あたかもブルータスに裏切られた独裁官のカエサルのような壮絶な死を遂げている。

東鞘会は五年の間に急成長を遂げながらも、優れた人材を次々と失い、狂犬のように仲間同士で嚙みつき合った挙句に自滅した。それが一年前のことだ。

真里亜はそのころ世田谷警察署の刑組課に所属していた。そのため、同会の一連の事件こそ直接手がけてはいなかったが、本庁の捜査一課に異動してからは、何度か先輩刑事たちから東鞘会の凶暴性について聞かされていた。

武装した十朱に立ち向かって斃れた組対部組織犯罪対策特別捜査隊の阿内将隊長の死には、多くの殺人現場に立ち会ってきた捜査一課員も涙せずにはいられなかったという。

一週間前には阿内の一周忌が営まれ、彼の遺骨が荒川区にある菩提寺の墓に納骨された。老母などの彼の親族に交じり、警視総監が参列して花を手向けている。その模様はテレビやネットで報じられていた。

まだ一年前のことだけに、東鞘会絡みの事件ははっきりと覚えている。広域暴力団のトップ自らが拳銃を握り、警官に向けて発砲するという、常軌を逸した暴力性は社会を震撼させた。警察庁長官もまた、東鞘会壊滅のためにあらゆる手段を行使すると断言。警視庁は、東鞘会の事務所だけでなく、企業舎弟と思しきオフィスや工場など関連施設へ家宅捜索に入った。

トップの十朱の警察官殺しをきっかけに、幹部や直系若衆を次々に逮捕し、表の顔である企業舎弟の社長や重役たちに対しても、横領や脱税、外為法違反などあらゆる法律を適用した。その甲斐もあり、同団体の構成員はたった一年で七千人から大きく数を減らし、今では千人をも割り込む状態にまで陥った。

この歌舞伎町界隈にしても、もともとは東鞘会系鞘盛産業の縄張りであり、飲食店の産業廃棄物の処理などを表のシノギとして、強固な地盤を築いていた。だが、今ではすっかり華岡組系の関西や中京のヤクザが肩で風を切って歩いている……。

新宿東宝ビルの前を抜けて、3番通りと交わる丁字路を通過する。たくさんの警察官が垣内を取り囲んで移動しているため、再び酔っ払いなどのやじ馬らが集まり、面白半分にスマホのカメラを向けてきた。

真里亜は3番通りのほうに目を向けた。ラブホテルの妖しいネオンやキャバレーの袖看板が視界に入る。カップルやデリヘル嬢などに交じり、パーカーで顔を隠した若者が真里亜たちへと歩み寄ってきた。ファストファッションの店舗で売っていそうなグレーのパーカーと、ブラックのスキニーパンツを穿いている。ヤクザには見えない。しかし――。

真里亜が垣内の前に立ちはだかるのと、パーカーの若者が駆け寄るのとほぼ同時だった。若者はパーカーの内側からなにかを取り出した。白木の鞘に入った短刀だ。

「うおっ」

遅れて異変を察知した樺島らが吠えた。

若者が鞘を払った。短刀を脇に抱えて、垣内へと突進してくる。真里亜はできるだけ身を低く屈めると、若者の脚に向かってタックルを仕掛けた。

真里亜の顔のすぐ横を白刃が通り過ぎた。若者の右脚を両腕でキャッチすると、若者を抱え上げて地面へと叩きつける。

若者は受身を取り損ねて、後頭部を強くアスファルトに打ちつける。ボウリングの球のような固い音を立て、若者の目が虚ろになった。

樺島がすかさず援護に回ってくれた。顔を真っ赤にして若者の右腕に飛びつき、強引に短刀を奪い取る。制服警察官も若者の身体にのしかかって制圧にあたる。

「鞘盛産業のガキじゃねえか」

樺島が目を見開いた。若者の腕を後ろに回して手錠をかける。

若者は両腕を拘束されても暴れ続けた。両脚をさかんにバタつかせ、スッポンのように首を伸ばし、真里亜たちの腕に噛みつこうと、ガチガチと歯で音を立てる。

「放せ、放しやがれ！　関西の田舎者がでけえツラしやがって。てめえら全員、ぶっ殺してやる」

制服警察官が無線機のマイクでさらに応援を募った。マンモス交番から数人の警察官が駆けつけてきて、大勢で若者を完全に組み伏せる。

真里亜は若者を制服警察官に任せ、路上に落ちた短刀を拾った。樺島も白木の鞘を拾い上げる。

「神野さん、あんたのおかげで首がつながった。あのタックルがなかったら、垣内の野郎がグサリとやられてたかもな。レスリング、やってたのか？」

「総合格闘技です。中学のころから」

「あんたがその年で捜査一課員になったのがわかった気がするよ。こっちの腕も相当なもんだ」

樺島は二の腕を叩いた。真里亜は小さく頭を下げる。

中学のときから警察官になると決めていた。それも殺人捜査を手がけられる捜査一課に。そのために十代から独自で刑法を学び、スポーツで汗を流して体力を養った。交番勤務のときも非番や休日を返上して、管内をうろつく空き巣や痴漢を捕え続けて名を売ってきた。

「お、おい。早く交番でもどこでも連れていかんかい！　わしが刺されたらどないしてくれるんや」

垣内が若者を見下ろしながら吠えた。

彼の顔は真っ青で声も震えている。垣内の言うとおりではあった。まだ鉄砲玉が潜んでいてもおかしくはない。今の襲撃のおかげで花道通りの人混みと渋滞は一層ひどくなっている。周囲を警戒しながら、真里亜は垣内を歌舞伎町交番へと歩ませた。

「まだ終わっとらんのや……まだなんも」

垣内はしきりにあたりを見回しながら呟いていた。

2

取り調べは歌舞伎町交番の二階の取調室で行われた。

殺人事件の捜査となれば、捜査一課が中心となって進めるのがスジだ。

しかし、垣内の取り調べはひとまず樺島に任せた。真里亜は補助に回る。ベテランで新宿の暴力団事情に明るい樺島のほうが、巧みに情報を引き出せそうだった。

狭い密室である取調室はすぐに汗臭くなった。歌舞伎町を走り回り、ヤクザと乱闘まで繰り広げてきたのだ。思わぬ冷汗まで掻かされ、全員がペットボトルの水を何本も空にした。先ほどハンカチを差し出してくれた樺島は、タオルでしきりに顔を拭いている。

垣内の聴取が終わっても、襲撃者の若者のほうの取り調べが待っている。若者はアスファルトに後頭部を打ちつけたため、ひとまず病院で診察を受けることになった。忙しい夜になりそうだった。

腰縄をつけられた垣内は、盛んに貧乏ゆすりをした。

「さっきの襲撃もそうや。ホントは自分らがお膳立てしたんとちゃうんかい？」

襲撃による興奮もあり、垣内は盛んにしゃべり立てては持論を展開した。その内容が妄想じみた陰謀論だとしても、ダンマリを決め込まれるよりはずっとマシだ。

「そういや、お前言ってたな。東鞘会と警視庁の関係がどうのこうのって。あれはどういうことなんだ」

樺島は逮捕したときとは違い、じっくりと彼の主張に耳を傾けた。

「とぼけんな。兼高ファイルをわしは知っとるんや。自分ら警察は、東鞘会を管理下に置いとったんやろがい」

「ほう、あれを信じてんのか。あんなのは〝プレスリーは生きていた〟とかよ、そんなレベルの与太話だと思っていたがな」

「そりゃ当事者の自分らはそういうわい。せやけどな、わしら極道の目は誤魔化せへんぞ」

真里亜はノートパソコンで調書を作成しながら思った。あれから一年経っても、未だに根強く信じられているのだと。

〝兼高ファイル〟は、その名が示す通り、兼高昭吾が暴露した内部情報といわれる文書だ。

兼高昭吾は東鞘会内で異例の出世を遂げた出世頭だった。東鞘会系神津組の若衆となり、たった三年半で同団体の若頭補佐に昇進した。

七代目東鞘会を仕切っていたのは、神津組組長の土岐勉をはじめとした〝三羽ガラス〟といわれる最高幹部たちだった。十朱の秘書を務めていた熊沢伸雄、そしてさっきの若者が属していた鞘盛産業の親分であり、東鞘会の理事長だった大前田忠治だ。

兼高は十朱や三羽ガラスの眼鏡にかない、十朱の護衛を務めるようになった。だが、氏家勝一との血で血を洗う戦いにより、土岐や三國が死亡すると、三國に代わって若頭の地位に就いた。

そんな昇り龍の勢いの兼高だったが、神楽坂において十朱を裏切り殺し合いというべき戦いを繰り広げた。十朱が拳銃で発砲したのをきっかけに、阿内率いる警視庁組織犯罪対策特別捜査隊が現場に駆けつけ、激しい銃撃戦となり、十朱と阿内のふたりが命を落とした。

兼高も十朱に撃たれて重傷を負い、新宿区内の病院に担ぎ込まれた。しかし、彼は警備についた警察官を絞め落として逃亡。ただ逃げるだけでなく、恐るべき内容の情報を電子メールで各メディアに送付した。

兼高は自分をヤクザに化けた潜入捜査官で、出月梧郎という名の警視庁の警察官だと公表したのだ。彼の文書によれば、東鞘会に潜った目的は、同会トップの十朱を殺害することにあったという。

東鞘会の激烈な内部抗争がメディアに注目されていただけに、兼高の暴露文書は当初こそ大きな注目を浴びた。

現役警察官をヤクザ組織に〝投入〟しただけでなく、潜入捜査官の犯罪をもすべて黙認していたと警視庁を告発したのだ。

兼高は己が手がけた犯罪をすべて告白。異例のスピード出世を遂げた理由について、東鞘会の汚れた仕事に積極的に手を染めたからだと述べた。

タイの在留邦人を顧客として取り込むため、バンコクに根を張る印僑のボスを拉致して抹殺したのをきっかけに、タイ人系マフィアの幹部数名を葬り去った。他にもインドネシアやベトナムでも殺しを手がけ、昨夏には沖縄に潜伏していた和鞘連合の最後の抵抗者だった喜納修三と護衛ふたりを殺害して本部町の山奥に埋めたという。

兼高が明らかにしたのは、己の身分や犯した罪だけではない。トップに君臨する十朱も、また是安総なる潜入捜査官だったと打ち明け、自分の潜入の真の目的は警察組織に対して反旗を翻したこの男を消去し、警察史に残る最悪の汚点を隠蔽することだったと記していた。

真里亜も〝兼高ファイル〟の存在を、ネットやニュースを通じて概ね把握はしていた。その驚くべき内容に目を見張ったものの、あまりの荒唐無稽な内容に首を傾げたものだった。

メディアは兼高ファイルの内容に色めき立った。警視庁組特隊の隊長との生々しいやり取りや、殺害した死体を埋めた場所にも具体性があった。怪文書の類と切り捨てることはできなかったのである。

しかし、騒がれたのはせいぜい二週間ほどだった。警視庁は兼高ファイルの存在を一切否定した。彼が暴露した三日後には、組対部長が会見を開き、是安という警察官が警視庁に在籍していたのは事実ではあるが、とうの昔に警視庁を退職しており、十朱義孝とは別人物であると反論。出月という警察官も五年前に辞めており、同じく兼高昭吾とは別人であると公表した。

メディアも警察の発表を鵜呑みにするほど愚かではない。兼高ファイルの真偽を確かめようと、記者たちは競いあうようにして十朱や兼高の正体を追った。だが、兼高ファイルの中身を証明できる人物には誰も接触できなかった。

さらに兼高ファイルがメディアにバラ撒かれた半年後、彼の腐乱死体が大井埠頭で発見された。遺体は腐敗が進行していたうえ、激しい拷問を受けた痕があった。両手足の指をすべて切断されたうえ、目鼻をトーチバーナーで焼かれていたため、身元確認は困難を極めたが、最終的には生前の歯の記録と照合する歯牙鑑定と、彼の背中に彫られた釈迦如来の刺青から、兼高本人と断定された。

証言者本人の死亡が確認されたことで、兼高ファイルの情報価値は暴落した。

出月なる元警察官は現在まで見つかっていない。出月の実家があるさいたま市大宮には多数の記者が足を運んだが、彼の両親は一切の取材に応じようとしなかった。

その両親も沈黙したまま、半年後にコンロの火の不始末による火災で、一酸化炭素中毒で死亡している。

十朱の前身であるという是安総も同様だった。是安は少年時代に交通事故で親兄弟を亡くし、千葉県匝瑳（そうさ）市の伯父（おじ）夫婦によって育てられた。だが、その伯父夫婦も五年前に強盗殺人事件に遭ってこの世を去っている。こちらも是安の消息を知る者すら発見できずにいる。

裏社会に強いライターのなかには、十朱や兼高を知る東鞘会の元組員たちに取材を試みた者もいたが、十朱や兼高を警察官と見なす者などはいない。とくに兼高は気の荒い極道のなかにあっても、汚れ仕事で出世を遂げただけに、冷酷かつ残忍な男だと証言されている。

証言した者全員が口を揃えてこう結論づけた——警察官（サツカン）ごときにあんな真似はできないと。

真里亜は樺島らの表情を注意深く観察した。樺島は垣内の言い分にしぶとくつきあっている。

「兼高ファイルにはおれらも散々注目したもんだ。なにしろ警視庁ってのはなにかと偉そうにしてるからよ。他の県警も警視庁（うち）に一発食らわしてやろうと、興味持っていろいろやったみたいだが、なにも出てこなかったのさ。それとも極道社会じゃ、おれらの知らない情報が出回ってんのか？」

「なーんも出てけえへんのが、なによりの証拠やろがい。張本人の兼高ひとり逮捕られへんかったうえに、どいつもこいつも死ぬか失踪。ヤクザ顔負けやで。ホンマ」

「なるほどな」

樺島がうなずいてみせた。

彼は取調官として我慢強く聞き役に徹している。ときおり片方の口角が上がり、顔の左右が非対称になった。内心では、アホ臭くて聞いてられねえと思っているのがわかる。樺島が呆れるのも無理はなかった。

兼高ファイルの信憑性をめぐり、警察庁刑事局も各県警に裏付け捜査を命じている。兼高は過去に沖縄へ出張したと記している。殺し屋の弟分とともに、本部町に潜伏していた敵対組織の親分の喜納修三と護衛を殺害、同町の山中に埋めたと告白し、喜納を埋めた場所まで記していた。

沖縄県警は兼高ファイルに基づき、喜納らの死体遺棄に協力したとして、地元の建設会社の社長から事情聴取をし、喜納らが埋められたとされる私有地を掘り返したものの、死体は出て来ずに空振りに終わっている。

兼高ファイルは東鞘会の中枢に食いこんだ人間しか書けない代物でありながら、ガセネタを多く含んでいたことから、新聞や週刊誌もやがて取り上げなくなった。あれから一年経った現在でも、兼高ファイルを記事にするのは、垣内のような〝ビリーバー〟を喜ばせる三流のカストリ雑誌や、誰が書いたかも不明なネット記事ぐらいだ。

垣内は兼高ファイルに基づく持論を長々と展開した。喜納の死体が発見されなかったのは、東鞘会が別の場所に死体を移動させて処分したからであり、闇を明らかにした兼高自身も、逃亡の末に警視庁の手によって始末されたのだと。宮口も兼高ファイルに目をつけたがゆえに、何者かによって消されたと主張した。これといった根拠はなにひとつ示さなかったが。

樺島は神妙な顔つきで相槌を打ち続けた。だが、姿勢に本音が表れつつあった。当初こそ背筋をピンと伸ばしていたが、徐々に背中が丸まりつつある。

「少し休憩するか。ミネラルウォーターでも飲んで待っててくれ」

垣内は空になったペットボトルを振った。

「もう一本くれや。どうせならビールにしてくれへんか。危うく死にそうな目に遭って喉カラカラや」

樺島は椅子から立ち上がった。

真里亜とともに取調室を出ると、樺島は深々とため息をついた。

「ダメだな、ありゃ。しょうもねえ〝外道〟を釣り上げちまった」

樺島の趣味は釣りだ。〝外道〟とは釣り用語で、期待外れの魚を意味する。

「そのようですね。あの男はやっているんじゃないでしょうか」

真里亜は注射を打つフリをしてみせた。樺島が目を見開く。

「観察眼がハンパないと聞いてはいたが。やっぱり見抜いていたのか。かすかにシャブ臭をさせてやがった。やれやれだよ。夜中に全力疾走したうえ、ポン中の戯言を聞くのは応えるぜ」

警察官を長くやっていると、覚せい剤を使用した者の体臭を嗅ぎ取れるようになるという。

真里亜はまだシャブ臭まではわからない。ただし、垣内の瞳孔が開いた目と、水分をやたらと摂取したがる様子、被害妄想じみた供述などから、覚せい剤を摂取しているかもしれないと推察した。

樺島は頭を搔いた。

「こりゃ翌朝の捜査会議じゃ嫌味言われそうだな」

「嫌味で済めばかわいいもんです」

真里亜は苦笑してみせた。

彼女たちの任務は宮口殺しの情報を集めることだ。覚せい剤によれたヤクザの捕縛ではない。さらに鞘盛産業の鉄砲玉まで現れて、危うく流血沙汰となるところだった。

樺島が官給の携帯端末を取り出した。

「同僚を呼ぶ。垣内は他のやつらに譲ろう。ナイフ持った関西ヤクザをシャブで逮捕れたとなりゃ、有給もらえるほどの手柄なんだが」

「すみません」

真里亜が頭を下げた。歌舞伎町内で聞き込みをし、垣内に注目したのは彼女だったからだ。

彼女たちが当たっていたのは、被害者の宮口が常連としていた新宿界隈の居酒屋やバーの店員、また彼が情報源としていた元暴力団員や歌舞伎町の住人たちだ。

彼らから聞き込みをしている最中、やたらと周りを警戒した様子で歩く垣内を見つけ、声をかけたところ脱兎の如く逃げ出したのだ。

樺島が両手を振った。

「謝らないでくれ。むしろ、あんたがその歳で花の捜査一課に抜擢された理由がよくわかったよ。このまま一緒に組めたら、でかい手柄を立てて息子に自慢もできそうだ」

樺島の息子は十歳になる。現在は府中市の循環器医療を手がける病院にいる。

先天性の重い心疾患を抱え、何度も手術を受け、入退院を繰り返して今日まで生き延びてきたという。彼とバディを組むさい、上司から聞かされていた。

真里亜は取調室を指さした。

「垣内に訊きたいことがあるのですが、よろしいですか?」

「そりゃ構わないが……」

真里亜はペットボトルの水を用意して、取調室へと戻った。垣内に水を渡し、彼の対面に腰かける。

「なんや、選手交替かい」

垣内は水を勢いよく飲んだ。手の甲で口を拭う。

いう意味？」
「なにを」
「あなたは鉄砲玉に襲われたときに口走った。まだ終わっとらんのや、と。あれはどう

水に濡(ぬ)れた垣内の唇が動いた。笑みを浮かべる。

「……そないなこと言うたかな」
「東鞘会はもう虫の息でしょう。あなたはなにを怖れているの？」

垣内がじっと見返してきた。

瞳孔が開いた黒い瞳(ひとみ)は危うい光を湛(たた)えている。口元に笑みこそ浮かべているが、目はまったく笑ってはいない。

「自分らこそ、なんで平気でいられるんや」
「兼高ファイルのこと？」
「自分らがろくに信じとらんのはよおわかっとる。組内でもこんなことうかつに話した日には、頭(モン)おかしゅうなった言うてコケにされるんがオチや。せやけどな、兼高や十朱の周りの者は死体になったか、煙のように消えたかのどっちかや。東鞘会を相手にしとった組特隊(ソトク)いうんも、ようけ死人を出しとるんはまぎれもない事実や。そこを忘れんといてくれ」

視線を合わせて見つめ合った。

垣内は口元の笑みを消して、真剣な顔つきになった。刑事を茶化そうとする気配は感じられない。

暴力団の幹部というより、不気味な占い師を相手にしているような気がした。

3

組特隊隊長の近田巌夫から拍手をされた。

「大捕物だったな。さすが若手の注目株と新宿署の鬼刑事だ。シャブ中の暴力団員を引っ捕らえるだけじゃなく、東鞘会の鉄砲玉まで取り押さえるとは」

新宿署の講堂は百名を超える捜査員で埋まっていた。

特捜本部にはマル暴刑事も多く招集されているため、樺島のような大柄でヤクザ顔負けのコワモテがひしめいている。女性は数えるほどしかおらず、男性向けの整髪料のきつい香料と加齢臭が漂っていた。

室内はピンと張りつめた空気に支配されており、近田の拍手だけが虚しく響く。

「それで、お前らが引っ張ってきたのは、腐っても華岡組系の暴力団員だ。めぼしい話は訊きだせたんだろうな」

「現段階では有力な情報を得られていません。覚せい剤を摂取していただけあって、とりとめもない与太話を繰り返すばかりでした」

樺島が中空を睨みながら答えた。

歌舞伎町交番で垣内の取り調べをした後、尿検査の簡易鑑定を行った。陽性反応が出たため、垣内には公務執行妨害以外に覚醒剤取締法違反が加わっている。今ごろは新宿署が彼の自宅を家宅捜索しているころだ。

近田に問い詰められた。

「鉄砲玉のほうはどうなんだ」

彼の隣で直立していた真里亜が後を継ぐ。

「鞘盛産業に出入りしていた暴走族のメンバーで、名前は梅尾涼真という十七歳の未成年者です。すでに新宿署の捜査一係が取り調べを行っていますが、今はまだ完全黙秘して――」

近田がテーブルを派手に叩き、真里亜の言葉を遮った。

「なにやってんだ！　お前らが持って帰るべきは、宮口殺しの情報じゃねえのか。クスリにヨレたポン中ヤクザでもなく、頭に血を上らせたゾクのガキでもなくよ。そんなにシャブ中や悪ガキのケツを追いてえのなら、捜査一課ご自慢の赤バッジなんかつけてねえで、組織犯罪対策部か生活安全部にでも行きやがれ。いつでも飛ばしてやる」

真里亜が危惧したとおり、嫌味程度では済まなかった。

近田は大規模警察署のトップも務めた叩き上げだ。七三分けにしたグレーの頭髪と分厚いメガネのおかげで、大学教授のような見た目をしている。

しかし、マル暴畑を長く歩んできたため、捜査員へのダメ出しにはヤクザ顔負けの迫力があった。五十代後半という年齢で定年も近づいているが、東鞘会との闘争に斃(たお)れた前隊長の阿内の後を継ぎ、東鞘会壊滅と関西ヤクザの流入を食い止める役目についた。民間企業や他の官公庁であればパワハラと指摘されかねないのが、警察組織の特捜本部の会議だ。とくに殺人捜査ともなれば、捜査員に発破をかけるために厳しい言葉が飛ぶ。

昨夜の経緯がどうであれ、宮口殺しの情報を得られず、釣果といえば妄想を垂れ流す暴力団員と、盃(さかずき)ももらっていない不良少年なのだから叱責(しっせき)を受けるのは当然だった。真里亜たちをひとしきり叱り飛ばすと、近田はやはり〝ボウズ〟で終えた捜査員を満座のなかでどやしつけた。

真里亜は捜査本部の指揮官たちを見やった。殺人捜査のエキスパートである捜査一課の佐々木康友(ささきやすとも)管理官や、広域暴力団を相手にする組対四課の幹部たちは、渋い顔をしたまま沈黙するのみだ。

それは奇妙な風景ではあった。本来であれば、殺人捜査は捜査一課が仕切るのが通例だ。被害者が暴力団に襲撃された過去のあるジャーナリストとはいえ、捜査一課や組対四課を差し置いて、組特隊の近田が指揮を執っているのは異例である。

組特隊こと組織犯罪対策特別捜査隊は本来、いわゆる半グレなど暴力団の枠組みには収まらない犯罪集団を追跡するセクションだ。

しかし、数年前から同隊は捜査対象を広げ、広域暴力団の東鞘会をも標的とした。そのため、同じく暴力団を狙う既存の組対四課と管轄がかぶり、険悪な関係に陥ったという噂もある。

数々の難事件を解決に導いてきた佐々木を差し置き、ついには捜査一課の領域にまで食いこんでくるのか――捜査一課員の間で疑問を抱く者は多い。真里亜もまた奇異に思っていた。

極左で知られる老活動家が、何者かに刺殺される事件があったさい、公安一課が捜査を主導した過去はある。つねに過激派を監視しているセクションだけあって、たちどころに人間関係を洗い出しては、同じセクトの非公然活動家をすばやく逮捕することができた。殺人に到った動機は金銭トラブルだった。

事件をすみやかに解決するため、他の部署の力を借りるのは当然ではあった。ただし、これほど世間の注目を浴びた事件を組特隊に仕切られたとあれば、プライドの高い捜査一課員のなかには不満を露にする者がいても当然だった。

それこそ管理官の佐々木は職人気質が強い。まだ特捜本部が設けられて日が浅いにもかかわらず、顔の血色が悪く、やつれのようなものが見えた。下々の者にはわからぬ主導権争いのようなものがあるのかもしれない。

捜査員たちの間でも、犯人を早々に暴力団などの反社会的勢力に絞るのは早計ではないかという者もいた。

被害者の宮口は暴力団取材の第一人者だ。警察にも一目置かれるほど暴力団社会に精通し、そして著書や記事にも忖度や遠慮がなかった。

だが、彼を快く思わないのは暴力団だけではない。テレビに頻繁に登場する有名タレントや占い師、巨大新興宗教団体の教祖たちの虚飾にまみれた人生を暴き、訴訟沙汰にもなっている。

真里亜は捜査資料に目をやった。トーチバーナーで破られた宮口の事務所の窓や、彼の血にまみれた室内の写真が添付されてある。

初動捜査を手がけた新宿署や機捜隊は、宮口のマンションと周囲に設置された防犯カメラやNシステムのデータの収集に努めた。それらを画像解析のプロ集団である捜査支援分析センターに送り、〝リレー方式〟で犯人の正体を突き止めようと試みた。

リレー方式は現場の映像から容疑者の外見を特定し、車のドライブレコーダーや駅の防犯カメラの映像などをつなぎ合わせ、移動方向をたどり、居場所を突き止める手法だ。

近年はＡＩまで活用され、主流の捜査方法となりつつある。どこかの山奥や僻地ならともかく、都内で起きたとなれば、カメラの監視網からは逃れきれないはずだった。

犯行グループはそれを見越していた。宮口のマンションにはいくつもの防犯カメラが設置されていたが、犯行時刻の約十分前にすべての回線が切断されて機能していなかったからだ。

また、近くのコインパーキングに設置された防犯カメラも犯行前にレンズに塗料スプレーが吹きかけられ、すべての映像が黒く塗りつぶされている。

犯行グループは車を利用し、このコインパーキングに駐車した可能性が高かった。他の防犯カメラの映像や目撃者の証言を精査している段階であり、まだ犯人像の絞り込みにまでは到っていない。

捜査員がシラミ潰しで聞き込みを行っているものの、宮口の仕事場の周囲には外国人の住民が多い。警察に対する不信感が強く、言葉のやり取りも充分にできないため、聞き込みも捗っているとは言い難い。

すでにわかっている点があるとすれば、とても素人が行える犯行ではないということだった。事前に現場を入念に下調べし、防犯カメラを潰して回り、静かにターゲットの居場所に侵入して仕事をこなしている。防犯カメラの映像データに限らず、事件現場には遺留品の類もほとんど残されていなかった。

殺害された日、宮口はひとりではなかったという。犯行直前に何者かを事務所に招き入れ、応接室で応対していたことが判明している。同室のテーブルには、ふたり分の茶托付きの湯呑みが残されたままだった。

その来訪者が何者なのかはまだわかっていないが、犯行グループのメンバーではなさそうだった。来訪者と犯行グループが争った形跡があり、応接室のソファや壁には刀痕があり、玄関の壁には血痕が飛び散っていた。犯行グループから逃れて脱出したケースも考え得るが、捕えられて身柄をさらわれた可能性のほうが高いと見られている。

正体こそ未だ不明ではあるが、重要な参考人であるのには間違いなく、特定を急いでいる。

鑑識課員が鑑定結果の報告をしていた。指紋係の六郷係長で、来訪者のものと思しき指紋を湯呑みから採取したが、警察のデータベースに登録されておらず、人物の特定には到らなかったと、書類を手にしながら淡々と告げた。

近田が悔しそうに唇を噛み、捜査陣のあちこちから深いため息が漏れる。

防犯カメラの映像が思うように集まらず、犯行現場の物証も少ないなか、特捜本部にとって来訪者の指紋は数少ない希望であった。

近田は六郷に食い下がった。

「間違いないのか……」

「はい」

六郷は即答した。

彼は指紋と対峙して二十年以上を誇る職人だ。それだけに近田も彼をしつこく問い詰めようとはしなかった。

真里亜は鑑識課員たちに注目した。六郷の後ろには、同じく指紋係員の米井飛鳥がいた。真里亜とはかつて同じ世田谷署で働いていた。

飛鳥は理系の大学を卒業した学者肌で、化学の知識と粘り強さを買われ、早くから鑑識係として活躍している。六郷などの厳しい目を持つ職人たちから腕を認められ、今では真里亜と同じく女性警察官のホープなどと噂されるほどだ。

真里亜は飛鳥を注視した。報告を淡々と済ませる上司とは対照的に、死人みたいに顔が青ざめ、身体を小刻みに震わせている。

近田による叱咤が終わり、最後に捜査一課の佐々木が捜査員に檄を飛ばして会議を締めくくった。

「情報を持ち帰るまで戻ってくるな。わかったか！」

捜査員が険しい顔で一斉に講堂を出て行った。隣の樺島に声をかけられる。

「さて、おれらも動くとするか」

「ちょっと待ってもらえますか？」

樺島に断りを入れ、講堂を出る飛鳥の後を追う。

飛鳥は肩を落としたまま女性用トイレへと消えた。鑑識課員も遺留品の解析などで徹夜続きの日々だ。

これといったスポーツの経験がない飛鳥は、世田谷署でも体力やスタミナに欠け、訓練のたびにへばっていた。だが、疲労や倦怠感に襲われているようには見えない。

真里亜は意を決して、女性用トイレのドアを開ける。トイレのなかにはひとりしかいない。洗面台の鏡を虚ろな目で見つめている飛鳥の姿があった。

「真里亜さん――」

飛鳥が目を丸くし、真里亜に微笑んでみせた。その笑顔はひどく硬い。

どちらも階級は同じ巡査部長で、年齢は飛鳥のほうが二歳上だった。しかし、警察官としては先輩にあたる真里亜に敬語を使う。

「ごめん。なんだか具合が悪そうだったから」

「さすが〝覚〟の神野。相変わらずですね」

飛鳥は目に涙を溜めていた。

覚とは日本の民話に登場する妖怪だ。人の心を見透かす力があるという。

所轄の世田谷署で働いていたとき、被疑者の嘘を見抜き、巧みに本音を引き出すことから、仲間からそんな渾名をつけられた。被疑者だけでなく、同僚たちの本音と嘘まで嗅ぎ分けてしまい、気味悪く思われてしまった時期さえある。

むろん、真里亜にそんな超能力じみた力などありはしない。中学生のころから努力し続けた結果によるものだ。刑事になるためには、なにより観察力が必要なのだと、元刑事が書いた本を鵜呑みにし、人の表情や目の動き、仕草などをつぶさに見ているうちに、徐々に勘が養われていったのだ。

本当に心を見透かすような力があったなら、とっくに姉を殺害した犯人を捕えていただろう。

真里亜は飛鳥に尋ねた。

「風邪？」

「……ということにしてくれますか？」

飛鳥の目頭から涙が伝った。彼女は耐えきれなくなったのか、顔をクシャクシャに歪(ゆが)ませる。

「私、一体なんのために――」

真里亜はポケットからハンカチを取り出した。飛鳥に渡す。

彼女はハンカチで目鼻を押さえたまま、しばらく泣きじゃくっていた。事情はわからないが、まずは彼女に感情を吐き出させる。

飛鳥は簡単に泣いたりはしない女だ。学者を目指していただけあって探究心も強い。そういう人間でなければ、指紋の鑑定という気の遠くなるほど緻密(ちみつ)な作業をこなせはしない。なにかがあったのを肌で感じた。

飛鳥はハンカチで涙を拭き、大きく息を吐いた。顔は涙と洟でひどい有様だったが、少しは落ち着いたようだ。彼女がハンカチに目を落とす。

「真里亜さんのお気に入りのやつじゃないですか」

「そう。きれいに洗って返してね」

飛鳥が苦笑する。真里亜は切り出した。

「……六郷係長の報告になにかあったの？」

飛鳥の顔が強(こわ)ばった。図星のようだ。

「本当に超能力みたい」

「あんたの様子がとりわけ変だっただけ」

真里亜が培ってきた観察眼を、多くの者たちが褒め称えてくれた。四万六千人のなかから選び抜かれた捜査一課員になれたのも、磨きあげたこの能力のおかげだ。

しかし、その能力もいいことずくめではない。プライベートは散々だった。男性との交際はいつも長続きせず、合コンで知り合った消防士が二股をかけているのを見抜いてしまったうえ、その男からは心を見透かされているようで、一緒にいると息苦しいと身勝手な捨て台詞を吐かれたりもした。

断れない見合い話を持ちかけられ、高級ホテルのレストランで二時間食事をし、その間に相手がついたと思しき嘘やホラをカウントしたこともある。両親に孫の顔を見せてやりたいと思わなくもないが、自分と相性のいい男性を容易には見つけられそうになかった。

飛鳥がうつむき加減になって答えた。

「例の指紋のことです。係長は割り出せなかったと報告してましたが……本当は該当者がいたんです」

「ええ？」

真里亜は思わず大声をあげた。慌てて声のトーンを落として尋ねる。

「なにか揉めてるの？」

映像分析やDNA型鑑定といった科学捜査の技術が向上しているとはいえ、現在も指紋鑑定の重要性は変わっていない。

その指紋鑑定にも一九八二年に自動指紋識別システム(AFIS)が導入された。現在の照合の速度は一件につき、〇・一秒未満と極めて速い。

コンピューターの進歩によって、かなり素早く絞り込めるようにはなったが、最終的な判断は確かな目を持った鑑識課員たちが入念に行う。

ドラマなどでは、AFISらしきシステムが〝指紋が一致しました〟などとメッセージで知らせたりするが、じっさいの指紋鑑定はそう簡単には進まないものだ。

指紋は押圧によって様々な形に変わる。そのため鑑定する者の技量が問われる繊細な作業だ。

飛鳥が唇を震わせた。

「不可解な人間の指紋が……出てきたんです」

真里亜はあたりを確かめた。トイレ内に誰もいないとわかっていながらも、そうせずにはいられない。

真里亜は唾を呑みこんだ。飛鳥の様子を見るかぎり、軽々に尋ねてはいけない事象だと悟る。同じ事件を追いかけている以上、もはや聞き逃すわけにもいかなかった。

「誰の」

「出月梧郎という元警察官です」

「出月……」

真里亜はオウム返しに呟いた。

出月梧郎は例の兼高ファイルに登場する主要人物だ。東鞘会の兼高昭吾は己を潜入捜査官だったと告白し、本名は出月梧郎だと名乗っていた。

警視庁はその事実を否定。メディアは兼高と出月の両方の顔写真を入手、公表していたが、どちらも肩幅のがっちりとした大男ではあるものの、顔立ちはまったく違っていた。

兼高ファイルによれば、顔を整形したと記されていた。しかし、世間が兼高ファイルに対する関心を急速に失った理由でもあった。

ふいに昨夜の垣内の言葉が脳裏をよぎる。

――せやけどな、兼高や十朱の周りは死体になったか、煙のように消えたかのどっちかや。

飛鳥が堰を切ったように続けた。

「鑑定したのは私と主任です。私はともかく、主任も手がけたほどですから、出月の指紋に間違いないと報告しました。係長も確認していたんです」

「でも、今朝の報告では、出月の指紋ではなかったと結論づけられた」

飛鳥はうなずいた。

科学捜査には当然ながら精密さや注意深さが要求される。そのため、意見が課内で割れるケースもしばしばあるという。

かりに鑑定結果が間違っていれば、捜査の流れを誤った方向に導きかねず、犯人を取り逃がすばかりか、えん罪さえ生みかねないのだ。それだけに鑑識課が鑑定結果に慎重になるのもやむを得ないところではある。

しかし、鑑定を手がけたのはホープと目される飛鳥と、警視庁きっての目利きといわれるベテラン主任。さらに係長の六郷までがチェックに携わったとなれば、もはや指紋鑑定で異論を唱えられる者などいないはずだ。

飛鳥はハンカチを握りしめた。やりきれなさが伝わってくる。

「私は若輩者です。だけど、主任や係長はそうじゃない。AFISが識別して、指紋の職人たちが調べたうえで、出月のものだと認識したんです。限りなく百パーセントに近い数字のはずなのに……」

「六郷係長はなぜ識別できなかったと報告したの？」

「わかりません。上から指示があったようです。AFISに不具合があったとか……」

「おかしな話ね。かりにシステムに不具合があったとしても、あなたたちが心血注いで鑑定したんでしょう」

「どのみち最終的には、私たち人間の目が決め手となります。私は自信を持って言えます。あれは出月梧郎の指紋だって。それなのに……」

飛鳥の目から再び涙がこぼれた。

彼女は大学で地質学を学び、警視庁に入庁してからは鑑識課員になるのを強く望んだ。地層や鉱物が嘘をつかないのと同じく、遺体や遺留品には真実しかないからと。本庁の鑑識課員になったのを誇りとし、被疑者がいくら嘘や言い逃れをしても、現場に残された痕跡や証拠品はつねに正直だと、常日頃から口にしている。

その真実を見極めるはずの鑑識課が、まるで真実を覆い隠す真似をしようとしている。飛鳥にとっては、心の拠りどころさえ失いかねない衝撃だっただろう。彼女の話を聞いてしまった真里亜でさえ、背中に冷たい汗をかいていた。

真里亜は訊いた。

「特捜本部の幹部たちは、その事実を知っているの？」

「わかりません。おそらく……」

知らないだろう。さっきの捜査会議では、そんな雰囲気はまるで感じられなかった。

捜査一課の佐々木管理官と六郷係長の関係も良好とは言い難かった。どちらも優れた職人であるゆえに、刑事部長や所轄の署長クラスが顔を見せる会議のときですら、怒鳴り合いの応酬を繰り広げるほどだ。

もし佐々木が指紋の一件を知っていたのなら、必ず会議でそれを持ち出していたはずだ。ＡＦＩＳに不具合があったとしても、警視庁が誇る指紋の専門家たちが、出月の指紋と一致すると判断した事実は大きい。

かりに捜査会議ではまだ明らかにはできない事情があるとしても、それほど大きな情報を入手していれば、幹部たちの顔色に表れてもおかしくはないはずだ。係長の六郷はそんな揉め事があったというのに、なにもなかったかのように淡々と報告していた。

飛鳥が赤い目で見上げてきた。

「すみません。まだ、誰にも言わないでもらえますか?」

「いつまでも……というわけにはいかないけれど、今はひとまず胸にしまっておく。あんたの知らない手違いがあっただけかもしれないし」

真里亜は目を見て答えた。

本来であれば、すぐに上司に知らせるべきであり、特捜本部内で共有すべき情報ではあった。殺人捜査は時間との勝負であり、一捜査員である真里亜が上に報告せず、胸にしまうなどという行為は許されるものではない。

しかし、このまま上司に報告すれば、勇を鼓して打ち明けてくれた飛鳥が立場を失うことになる。

「鑑識課を信じたいんです。私らのような兵隊にはわかりませんが、きっと上にはなにか考えがあるんだって。いずれ特捜本部とも情報を共有するはずです」

飛鳥は涙を拭(ふ)いて答えた。

「わかった。力になれることがあれば、なんでも言って」

飛鳥の肩に手を置いた。彼女は力強くうなずいてみせる。

飛鳥を残して女性用トイレを後にした。いつまでも樺島を待たせるわけにはいかない。

隠蔽(いんぺい)……などという物騒な言葉が浮かぶ。警察ほどの巨大組織ともなれば、煩雑なペーパーワークから逃れるために被害届をロッカーにしまったり、身内のスピード違反をもみ消したりといった例が後を絶たない。

今回はそんな次元の低い非違事案とは違う。殺人事件の重要な証拠を勝手に葬り去ろうとしているかもしれないのだ。

けれども、なぜ証拠を消し去ろうとするのか。複数の指紋の専門家が出月のものだという鑑定結果を出したのだ。鑑識課にとっても喜ばしい発見であり、それをわざわざ否定する意味がわからない——。

樺島は廊下をウロウロしていた。彼は真里亜を見かけると、待ちかねたように手を振ってみせる。

「随分時間がかかったじゃないか。具合でも悪いのか？」

「……ふんばってました」

「あん？」

真里亜は腹をさすってみせた。小声で囁く。

「ストレスが溜まると、きつい便秘になるもので」

「そういうことか……つらさはわかるぜ。おれもなかなかの大痔主でな。一度入ったら二十分は出られねえ。すまなかった。女と組むのは初めてでな」

「とんでもないです。前もって知らせておくべきでした」

樺島は特捜本部がある講堂を指した。

「なにしろ、イラついているお偉方がいるなかで、じっとあんたを待っているわけにもいかねえし、トイレに入って様子を訊くわけにはいかねえ。往生したよ」

「すみませんでした」

真里亜は頭を深々と下げた。胸にチクリと痛みが走る。他人の嘘を見破るのは得意だが、嘘をつくのは苦手だ。

被疑者相手の駆け引きでカマをかけたり、雑談時に共感を得るため話を盛ったりすることはある。ただし、樺島のような気のいい身内に嘘をつくのは気が引けた。ただならぬ情報を耳にした今となっては、ごまかすのにも気力をかなり消費する。

「今日は遅れを取り戻すとするか。なにせ昨夜は大捕物だったからな。聞き込めなかった連中がまだけっこういる」

樺島はメモ帳を取り出した。名前と住所が記されてある。昨夜中に聞き込むべきだった相手のリストだ。

真里亜は新宿署の彼と組み、歌舞伎町の住人たちをシラミ潰しに当たる予定だった。リストに載っている人物のほぼ全員が夜に生きる者たちであり、夜が明けてから眠りにつくのが習慣となっている。

午前中は彼らが眠りについたばかりで、聞き込みに行ける時間帯ではない。無遠慮にチャイムを鳴らして叩き起こそうものなら、誰も協力などしてくれなくなるだろう。

樺島は下を指さした。

「鞘盛産業のガキのほうに当たってみるか。ポン中の垣内とは対照的でダンマリを決め込んでる。てめえの名前すら未だに口にしてねえそうだ」

「たとえ口を利いてくれたところで、罵詈雑言をたんと浴びせられるだけでしょう。彼の一世一代の檜舞台を邪魔したんですから」

「そりゃそうだ」

「壊滅寸前と言われている東鞘会ですが、まだあんな活きのいい若者を抱えているんですね」

現在の暴力団は超高齢化社会だ。ワルな若者は暴対法や暴排条例で人間扱いされないヤクザに魅力を感じず、半グレといった新たな犯罪集団を形成している。

今では有名な組織でさえも、鉄砲玉になるのは組に依存して生きてきた高齢者や、子分がまったくいない食い詰めたひとり組長だったりする。

樺島が頭を掻いた。

「東鞘会が潰れかけているのは確かだが、鞘盛産業だけはなんだかんだと気を吐いてやがるのさ。トップの大前田はどこかに雲隠れしちまったけれどな」

「東鞘会の〝三羽ガラス〟と言われただけあって、大前田はまだ東鞘会内では影響力を維持しているとか」

昨夜は垣内のホラ話に影響され、仮眠室のベッドでひそかにタブレット端末を使って兼高ファイルを読み返していた。ネットの世界に飛び込めば、兼高ファイルの中身はどこででも確認できる。

真偽不明で穴だらけの陰謀論とされ、今では一般メディアもろくに取り上げたりはしない。

しかし、兼高の視点で描かれた東鞘会の姿は生々しく、すべてがでっち上げとも思えないリアルさがあった。けっきょく、朝まで一睡もせずに読みふけってしまった。

「よく知ってるじゃないか」

「付け焼き刃です。理事長職についてましたね」

「息を吹き返しはしたが、今はどうだろうな。中核組織の神津組はガタガタだし、熊沢組はあっけなく解散しちまったからな」

今回の事件が暴力団絡みの可能性が高いと知り、東鞘会についても必死で学んだ。同会は天才極道といわれた十朱を筆頭に、三羽ガラスと言われた優れた子分たちが守り立てたという。七代目の十朱が警察官によって射殺され、三羽ガラスのなかで生存が確認されているのは大前田のみとなった。あとは惨たらしく殺害されたか、死体さえ発見されずにこの世から消えたかのどちらかだと言われている。

七代目の十朱の死後、会長の座は空位となっており、東鞘会の長老格である河原塚近が会長代行に就任。三羽ガラスの弟分や子分たちが次々に執行部入りし、警察や関西ヤクザの攻撃をかろうじて凌いでいるが、櫛の歯が欠けたように、直参はもちろん幹部クラスさえも脱退や引退を表明している。

有力組織の熊沢組を継いだ門馬秀一もそのひとりだ。武闘派の熊沢の右腕だった男だけに、組織に対する忠誠心が高い実力者と思われたが、五ヶ月前にヤクザから足を洗うと宣言し、熊沢組を解散させてしまった。門馬ほどの幹部ですら組織を見限るのかと、ヤクザ社会に激震が走ったほどだ。

「今じゃすっかり守りに入って、河原塚って爺さんが老骨に鞭打って東鞘会を必死にまとめようとしてるが、崩れ落ちるのは時間の問題じゃねえか。三羽ガラスの大前田だって居所さえわかっちゃいないんだ」

大前田忠治というのは渡世名であり、本名は枝学という。こんな本名じゃうだつが上がらないと、伝説の俠客である大前田英五郎と国定忠治の名前をぬけぬけと拝借して、当時の親分衆から顰蹙を買うなど、横紙破りな暴れん坊だったらしい。親分だった五代目の氏家必勝を殴りつけ、一度は破門処分になったほどだ。

兼高ファイルの報告書によれば、ひとりで歩くのもままならないほどの重病に苦しみながらも、鎌を持った死神のような危うい存在感をまとっていたという。

十朱が斃れた直後は、組織を立て直すために奮闘していたらしいが、その大前田も半年前に華岡組系のヒットマンから命を狙われた。歌舞伎町の事務所から出てきたところを、拳銃と猟銃を手にした三人の鉄砲玉に狙われたのだ。

多くの組員を護衛につけていたため、なんとか無傷でその場を逃れたものの、防弾仕様の高級車をお釈迦にされ、それからは東鞘会内でも居場所を知らせず、定例会にもたまにビデオ会議で出席する程度だという。

講堂から組特隊の近田が出てきて、鋭い視線を投げかけた。なにも言われはしなかったが、こんなところでなにをボヤボヤしてやがると目が語っている。

樺島がぼやいた。

「さて、どうしたものか。とりあえず午後まで書類仕事でもしておくか。昨夜の後処理もある」

「あの、会ってみたい人物がひとりいるんですが、構いませんか？」

「そりゃ構わねえけど……どちらさん？」

真里亜が名前を口にすると、樺島は思い切り眉をひそめた。

嘘を見破る能力などなくとも、彼がとても嫌がっているのがわかった。

4

整頓された応接間に通された。

北欧製の機能的な家具と、巨大な書棚には本が分類ごとにきっちり並べられている。

同じジャーナリストでも、〝ヤクザ以上の無頼漢〟とも評された宮口の雑然とした部屋とは対照的だ。

真里亜は相手に一礼した。

「お久しぶりです」

「うん。何年ぶりかな」

部屋の主である車田拓が、ソファに座るよう勧めてくれた。

ただし、真里亜たちと目を合わせようとしない。警戒の色がありありと浮かんでいた。

わざわざ時間を割いて、会ってくれるだけでも幸運といえた。

警戒しているのは樺島も同様だ。車田といえば元刑事でありながら、今では警察組織に容赦なく嚙みつくジャーナリストとして知られている。

「世田谷署にいたころは、いろいろお世話になりました。車田さんが好きなタルト・ピスターシュです」

真里亜は菓子の入った紙袋を手渡そうとする。

車田は一瞬だけ躊躇したものの、微笑を浮かべて紙袋を受け取った。

「ありがたくもらっておくよ。コーヒーでも淹れよう」

真里亜と樺島はソファに腰かけた。樺島が室内を見回し、ボソリと呟く。

「いい部屋に住んでやがるな。これが野郎の〝東鞘会御殿〟か」

「揉めるような言動は控えてくださいね」

真里亜は樺島に耳打ちした。彼は口を歪めながらうなずく。

車田は警視庁を退職した後、四年前までＮＰＯ法人で働いていた。暴力夫から逃げてきた妻子や、ブローカーに騙されて売春を強要されていた外国人女性などを匿う一種の駆け込み寺だ。

女性への暴力を根絶しようと、警察官時代とは比較にならないほどの低い給料であるにもかかわらず、それでも二十四時間体制で身を粉にして働いていた。

頭をすっきりと刈り、年齢のわりには肌つやもよく、警察官に多い肉食獣のような男たちとは違い、たおやかな雰囲気をまとった二枚目だ。

警察官時代もかなりモテたらしいが、NPO法人の職員になってからも、女性とひたむきに向き合う姿に、世田谷署の女性警察官や行政職員は心をときめかせていた。独特の憂いを帯びた瞳(ひとみ)は、少女漫画に出てくるキャラみたいに見えたものだ。

車田はそのNPO法人を退職。ペンの道を選ぶと、警察組織の不祥事に挑む硬派なジャーナリストへと生まれ変わった。戦後警察史最大の汚点といわれる伊勢崎(いせさき)事件の真相を追った著書を発表し、ノンフィクションの文学賞を受賞した。

同事件は伊勢崎市の利根川(とねがわ)の河川敷で発見された女児の絞殺体をめぐるえん罪事件だ。群馬県警は自供とDNA型鑑定をもとにある男性を逮捕した。その後、男性には無期懲役の判決が下されたが、マスメディアが警察の捜査の不備を指摘。逮捕から二十年以上が経った後に、DNAの再鑑定が高裁によって認められた。検察と弁護側が推薦した鑑定人のどちらもが、被害者の女児の衣服に付着したDNA型は男性のものではないと結果づけた。DNA型鑑定の不一致が決め手となり、男性は再審公判で無罪を言い渡された。

車田は、当時の群馬県警のずさんな捜査と不当な暴力行為、不都合な証拠を消して回った隠蔽(いんぺい)行為を残らず暴いたのだ。

車田はその後も警察組織の腐敗やえん罪事件をテーマにした作品を発表。そんな彼が最新著書で扱ったのが兼高ファイルだった。

警視庁が阿内を筆頭とする組特隊を通し、東鞘会の乗っ取りを謀ったとする兼高ファイルを裏づけるような著書だ。

警視庁が兼高ファイルの内容をことごとく否定したことで、世間からは黙殺されたものの、垣内のような熱狂的な陰謀好きの読者により、著書はベストセラーになっていた。

樺島が彼の部屋を〝東鞘会御殿〟と呼んだのも、兼高ファイルでボロ儲(もう)けしていると の揶揄(やゆ)を込めてのものだ。

コーヒーの香ばしい匂いが漂ってくる。インスタントではなく、ドリップタイプのようだ。樺島がキッチンのほうを見ながら再び呟いた。

「やっぱり来るべきじゃなかった。下手にあんな裏切り者の話に耳を傾けちまったら、捜査の読みまで誤りかねねえし、今朝の叱責(しっせき)ぐらいじゃ済まねえぞ」

「今さらグズグズ言わないでください。樺島さんだって本当は興味津々じゃないですか」

「まあな……」

車田が人数分のコーヒーとケーキをトレイに載せて運んできた。

彼と会うのは四年ぶりだ。彼がＮＰＯ法人で勤務していたときは、いつもくたびれたトレーナーやジャンパーを着ていたが、今は売れっ子ジャーナリストらしくファッショナブルな恰好だった。ブラックのワイシャツのうえに、洒落たウール製のタイトジャケットを着ている。頬から顎にかけて短めのヒゲをたくわえ、ファッション誌のモデルみたいに洗練されている。

職業や見た目こそ随分と変わったように見えるものの、瞳の哀しげな色までは変わっていない。

車田がテーブルにコーヒーとケーキを置いた。真里亜の赤バッジを見やる。

「今や捜査一課のメンバーか。神野さんなら、きっとなれると思っていたけれど」

「ありがとうございます」

車田が対面に腰かけて切り出した。

「それで、おれは宮口さんの殺害時刻のアリバイでも言えばいいかい？」

「一応、伺っておきましょうか」

樺島がメモ帳とペンを取り出した。

車田は中空を見つめてアリバイを口にした。新宿二丁目の会員制のバーで飲んでいたと。マスターが証明してくれるはずだと、あっさりと答えた。

車田がゲイであるのは、警視庁の間では公然の秘密だ。警察官を辞めたのも、それが原因のひとつと言われている。本人もNPO法人で働いていたころにカミングアウトしている。

「……バーで息抜きしていたら、新宿一帯に響き渡るほどのサイレンだ。これはただ事じゃないと、知り合いの記者やライターたちと連絡を取って、新大久保の事件現場に走って向かった」

真里亜はコーヒーを啜った。

彼の淹れてくれるコーヒーは、ブラックのままでも自然な甘みを感じる繊細な味がした。味覚は人並み以下の真里亜でも、NPO法人の事務所で飲ませてくれたコーヒーの味を覚えている。

車田はコーヒーに目を落とした。

「ショックだったよ。なんと言っても、この業界の大先輩で面識もあった」

樺島がメモを記しながら訊いた。

「週刊誌の企画で二度、宮口とは対談してましたね。プライベートなつきあいはあったんですか？」

「あの対談の内容を見たら、とてもつきあいがあるようには思えないだろう。読んでるのか？」

「新宿署の組対課でも話題になりましたよ」

樺島が意味ありげに微笑みかけた。

真里亜も訪問する前に雑誌の対談を読ませてもらった。新宿署組対課が記事を切り取ってファイルに取っておいたからだ。

一度目の対談は三年前、車田が元の職場に対して辛口批判を行う異色の元刑事として注目を浴びたころだ。

暴力団にも警察組織にも遠慮なしに切り込む宮口と意見がほぼ一致しており、組織防衛のための隠蔽やでっち上げ、政治家に擦り寄る腐敗官僚など、警察組織を容赦なく滅多斬りにしていた。

二度目の対談は約一年前に掲載された。ちょうど兼高ファイルが各メディアにバラ撒かれ、警視庁と東鞘会の関係を探っていた車田が、大車輪で仕事をこなしていたころだ。雑誌への寄稿や著書の刊行だけでなく、ニュース番組のコメンテーターとしても活動していた。

兼高ファイルの信憑性は高く、東鞘会と警視庁の間には暗い関係と因縁があると主張する車田に対し、大御所である宮口は虚実をない交ぜにしたフィクションに過ぎないと切って捨てた。

宮口は数十年にわたる暴力団取材から、いい加減なことを見てきたように語る自称事情通や、ハッタリを日常的に用いるヤクザのなかには、兼高のように荒唐無稽なホラ話を持ち出す者がいくらでもいるとして、兼高ファイルの内容を一部は認めつつも、己の罪を正当化するための怪文書だと断じた。

車田はケーキを口にした。彼の大好物を選んだのだが、ニコリともしない。

「あんたがたも宮口御大と同意見だろう。兼高ファイルなどというのは創作家顔負けのホラ話であって、それをメシの種にしているおれは〝ビリーバー〟をそそのかすインチキ宗教の教祖様みたいなものだと」

「兼高ファイルの真偽はともかく、あんたのことをインチキだとは思っちゃいねえさ。あんたなりにケジメをつけようとしているのもな」

「ケジメ？」

車田に問い返されると、樺島が微笑を消した。一転して刑事らしい冷えた目つきに変わる。

「我妻邦彦だよ。あんたが今の稼業についたのは、あいつがこの世から消えちまったからだろう」

車田が目を丸くした。

「あんた……我妻を知ってるのか？」

「警視庁の組対四課にいた。同じ広域暴力団対策係に。いい刑事だった」

樺島と車田は初対面だった。しかし、樺島から共通の同僚がいたのだと教えてもらった。

車田に会いに行く——特捜本部のある新宿署で樺島に告げると、彼は露骨に嫌悪の表情を見せた。

——なんだって、あんな陰謀論の親玉みたいなやつに会いたがる。まさか垣内の寝言を信じたわけじゃないだろうな。

——徹夜で兼高ファイルを読んだのは事実です。でも、安心してください。参考までに意見を聞いてみたいと思っただけです。

樺島にじっと顔を直視された。

――あんた、嘘を見破るのは得意だが、あいにく嘘をつくのはうまくねえな。おれもこの新宿署でホラ吹きヤクザをたんと相手にしてきた。なにかあっただろう。

真里亜は目を見開いた。樺島は口をへの字に曲げる。

――バディを組んだ以上、隠し立てはなしだ。

――……出月です。出月のものと思しき遺留品が現場付近で見つかったという情報がある筋から入りました。訳あって情報の出所はまだ言えませんが。

樺島は目を白黒させた。

――出月って……あの出月梧郎のことか。さっきの捜査会議じゃ、全然触れられてなかったぞ。

――特捜本部の幹部たちも何人かは把握しているはずです。それなのに、会議ではおくびにも出さなかった。

――洟も引っかけられねえガセネタだからじゃないのか。

――出所は特捜本部の人間です。

樺島の喉が大きく動く。真里亜は続けた。

――兼高ファイルをもう少し調べてみたいんです。なにが起きているのかを知るために。

樺島は肩を落とした。

――こりゃ褌締めてかからねえとやばいかもな……我妻みたいなことになりかねねえ。

――誰ですか？

――車田に訊いてみりゃいいさ。あいつも知ってる。

――バディに隠し立てはなしですよ。

真里亜たちは電車と徒歩で車田の事務所まで向かった。その間に我妻邦彦について教えてもらった。

警視庁組対四課の刑事であり、東鞘会を追っていた硬骨漢だったらしい。

我妻は東鞘会系三神組の動向を探っているさい、管理売春を強要されていた女性を救い出した。東鞘会に連れ戻されないように車田のＮＰＯ法人に預け、しばらくは秘密のシェルターに匿っていたという。女性は我妻たちの計らいで北区の卸売業者に再就職をした。

今からもう六年前だ。東鞘会が隆盛を極めつつ、血で血を洗う激しい内部抗争を始めたころだった。

樺島がケーキを食べた。小さめに切って口に運ぶ車田とは対照的に、ひと口で半分ほどをパクリと口に入れる。

「あんたも我妻と同じく硬骨漢だと聞いている。あいつのために恋のキューピッド役になったこともな。我妻の幸せを思ってやったんだろう？」

車田の表情が曇り、ふいに彼の目が遠くなった。

樺島によれば、我妻は悲惨な運命を辿ったらしい。我妻と女性は恋仲となり、彼の自宅で同棲に近い生活を送っていた。

しかし、女性の正体はとんでもないものだった。我妻は東鞘会を追っているうちに、彼女の本当の姿を知ってしまったという。

彼女は元OLなどではなく、日本人ですらなかった。本名をノーラ・チョウという中国系アメリカ人で、カリフォルニアの大学で日本語を完璧に習得しては、いくつもの日系企業に入りこんで情報を盗み取る産業スパイだった。

ノーラは東鞘会系三神組に高額で雇われ、組対四課の我妻に近づき、警視庁の情報を三神組に売っていたのだ。我妻の部屋には盗聴器が仕掛けられ、携帯端末にはスパイアプリまで仕込まれていたという。

愛する者に裏切られた我妻は、自宅で彼女を捕えようと試みたが、激しい抵抗に遭った挙句、ベランダから逃走を許してしまった。ノーラはマンションの三階から公道へと飛び降り、運悪く通りかかった車に轢かれて死亡。ほぼ即死だったらしい。

捜査情報をハニートラップで盗み取られた我妻は、責任を取って警察社会を去っている。その後の彼の行方はわかっていない。

我妻は純情な男だったらしい。ノーラを深く愛していただけに、彼女に裏切られたうえ、結果的に死に追いやった己を許せず、どこかでノーラの後を追ってしまったのではないか——樺島は遠い目をしながら教えてくれた。

樺島はケーキの残り半分を平らげた。

「NPO法人が解散したのをきっかけに、ノンフィクションライターなんてのに転身したのは、我妻への罪滅ぼしのためでもあるんじゃないのか？」

車田の顔から余裕が消えた。目を伏せたその表情は、ひどく切なげに見える。ケーキを黙って口に運ぶ。

樺島も沈んだ顔つきで続けた。

「あんたが良かれと思ってくっつけた相手が、ハニトラも辞さない名うての産業スパイだったんだ。東鞘会があのころから警察（カイシャ）にまで食いこんでくる危ない暴力団（マルB）だったのは確かだし、当時の警視庁（ホンチョウ）の動きも奇妙だった」

「我妻もかつて言っていた。マルセイ絡みで上から捜査をストップされたと」

車田が渋々といった調子で口を開いた。甘いケーキを食べたというのに、苦い薬を口にしたかのようだ。

「マルセイ……政治家絡みですか」

真里亜は思わず呟（つぶや）いた。

我妻という刑事にしても、組対四課が政治家絡みで東鞘会に手が出せずにいた過去も初めて知った。六年も前のことで、兼高ファイルにも載っていないエピソードだった。

樺島はうなずいてみせた。

「言うまでもなく、広域暴力団の捜査は組対四課の仕事だ。ところが東鞘会に対する捜査は、組対四課ではなく、なぜか組特隊が仕切るようになった。当時の課長もおれたち捜査員も歯ぎしりしたもんさ。とくに我妻はそうだったし、東鞘会を人一倍危険視していたから、副隊長だった阿内さんの鶴の一声で、組特隊に引っ張られたんだ。だが、その直後にあの悲劇が起きた」

「東鞘会が政治家にまで食いこんでいたということですか。一体、どういう事情で」

真里亜はふたりに尋ねた。車田が首を横に振る。

「そのへんは相棒に聞くといい。確かにおれが物書きに転身したのは、我妻の件も理由のひとつだ。あいつへの償いのつもりで、おれなりに腹をくくって東鞘会を追ってきた」

車田の表情に注意を払った。

目にわずかだが涙を溜めて唇を震わせた。我妻を思い出して、沸き上がる感情を必死に抑えているように見える。ただの邪推に過ぎないが、車田は我妻という男に対して、元同僚以上の感情を持っていたのかもしれなかった。

車田はソファに身を預けた。

「昔話に花を咲かせるつもりはない。おれは忙しいし、あんたらもそれが目的じゃないだろう。話を戻そうか。どうして宮口殺しの件で、おれなんかに会いに来た」

「犯行の手口は概ね耳にしてるだろう。素人の殺しなんかじゃない。プロ集団と思われる冷徹な手口で、被害者は暴力団取材の第一人者だ。同じ分野で活躍している気鋭のライターさんに話を伺いに来るのは、さほど不自然なことでもなんでもないだろう」

　車田は失望したといわんばかりに手を振った。

「腹のうちを見せもしないで、情報を得ようなんてムシがよすぎる。もう一度尋ねるぞ。また答えをはぐらかすのなら、とっとと帰ってくれ。各地の警察組織にケンカを売っては、兼高ファイルなんて陰謀論を振りまく裏切り者のおれなんかに、なぜあんたらは会いに来た」

　真里亜は思いきって踏み込んだ。

「我妻さんのときと同じだからです」

「なんだって？」

　車田が真顔になって訊いてきた。

「……上からストップをかけられたというのか？　なにが起きている」

「お、おい」

　樺島が真里亜をたしなめた。

　しかし、たとえ旧知の仲だからといっても、相手は自分でも言ったとおり、反体制派と見なされている気鋭のノンフィクションライターだ。土産物を持って旧交を温めたからといって、情にほだされて情報を与えてくれるほど甘くはない。

　真里亜は両拳を握りしめた。

「詳細はまだ言えません。殺害現場で見つかった重要な証拠が、何者かの力で闇に葬られるかもしれません」

樺島が泣きそうな顔で天を仰いだ。

車田は一転して刑事だったころのような鋭い表情に変わる。丁寧に淹れたコーヒーを、味わう様子もなく一度に飲み干し、真里亜を促した。

「続けて」

「ちょっと待ってくれ。録音機やカメラなんて仕掛けてないだろうな」

樺島が割って入った。

「そんなものはない。疑うのなら部屋中漁ってみるといい」

車田が苛立たしげに答え、真里亜をまっすぐ見つめてくる。

ＮＰＯ法人に勤務していた車田は、ＤＶや管理売春などつらい目に遭った女性たちを保護し、誰に対しても分け隔てなく温和に接し、笑顔も絶やさなかった。今は別人みたいな剣呑な気配を漂わせている。

車田が口を開いた。

「本来なら出てきてはならないはずの遺留品が現れて、上からなかったことにしろと命じられた。違うか？」

真里亜はうなずくだけに止めた。指紋係の飛鳥のことにまで触れるわけにはいかない。言葉を選んで打ち明ける。

「所轄にいたときから、特捜本部に出向して殺人や強盗などの凶悪事件に関わってきました。暴力団や半グレの殺人事件にも。組対と組むのも初めてではないですが、今回のように捜査一課ではなく、組特隊に仕切られるのは初めてです」

「今の組特隊、率いているのは近田巌夫だったな」

「ええ」

兼高ファイルによれば、上野署の巡査部長だった出月を、当時の組特隊の隊長である阿内に紹介したのはこの近田だったという。

「現在の刑事部長は岩倉俊太郎で、組特隊に東鞘会潰しをやらせた当時の組対部長の美濃部尚志は今や警視総監様だ。なにが起きてもおかしくはない」

岩倉の名前は兼高ファイルにも登場していた。

出月が所属長である近田とともに、警察共済組合の宿泊保養施設である半蔵門のホテルへ向かうと、和食レストランの個室に案内された。そこには当時の組対部長だった岩倉、それに阿内などが待っていた。そこで兼高昭吾となって東鞘会に潜るように命じられたという。

美濃部は辣腕家として知られている。組対部長時代は勢力を拡大させていく六代目東鞘会をふたつに分断。警察に対する対決姿勢を明確にした六代目組長の神津太一を排除するため、同会から割って出た和鞘連合に、神津の隠れ家を密かにリークして討ち取らせたと噂されている。

一介の兵隊でしかない真里亜には雲上人のひとりでしかないが、幹部たちの間での評判は芳しくない。山梨を地盤とする大物政治家でキングメーカーと呼ばれた国木田義成と同郷であり、美濃部は彼の腰ぎんちゃくと言われ続けてきた。

国木田は山梨では〝天皇〟と呼ばれ、与党の政調会長や幹事長といった要職を歴任し、地元の派閥の領袖でもあった一方で、関西の準大手ゼネコンからの収賄疑惑や、マルチ商法で知られる悪徳企業からの政治献金疑惑など、カネにまつわるスキャンダルが絶えない曰くつきの代議士だ。

政治家生命が危うくなるたび、危機回避の指南役であり続けたのが美濃部だったという。

美濃部は山梨の田舎から這い上がった苦労人であり、東大法学部を卒業し、〝皇族〟になるのを早くから望んだ野心家だ。学校法人の理事長を務める国木田の弟の長女と結婚し、晴れて華麗なる一族の一員になると、警察官僚として国木田家に力いっぱい奉仕したという。

彼が三十代前半で熊本県警の捜査二課長に在籍していたころ、国木田の子飼いの地元議員が関わっていた選挙違反などの事案をすべて握り潰したとすら言われている。国木田が外務大臣に就任すると、美濃部も外務省に出向。彼の大臣秘書官を務めてもいる。

その美濃部が目をかけていたのが、東大アメフト部でともに汗を流した後輩の岩倉、同じ山梨の出身でゴルフ仲間の近田だ。国木田家やその周りにいる実業家、官僚と密接な関係にあるため、国木田派と言われている。

その国木田義成が高齢を理由に議員バッジを外してからも、政界には一定の影響力を維持し続けているらしく、美濃部が警視総監の座に就いたのは、派閥の面々の力のおかげだと言われている。

警視庁のトップについた美濃部は、蒲田（かまた）や神楽坂などで前代未聞の銃撃戦を繰り広げた東鞘会を壊滅させるべく、部下たちに発破をかけ続けている。

東鞘会と和鞘連合の抗争では手榴弾（しゅりゅうだん）などの爆発物が使われ、一年前には捲土重来（けんどじゅうらい）を図った氏家勝一と再び戦いを交えた。

メキシコやコロンビアの麻薬カルテルさながらの血で血を洗う抗争を展開させたことは、海外でも大きく報じられた。減音器（サプレッサー）付きのサブマシンガンやスタングレネードといった特殊部隊顔負けの装備で、都内を硝煙と恐怖に包み込み、一時は東京を訪れる外国人観光客の数が減少した。

その劇的な幕切れまでを書いた車田の著作は海外でも四カ国語に翻訳され、動画配信サービスを手がけるグローバル企業が、東鞘会の興亡をドラマとして描こうと動いているという噂さえある。

――東鞘会の暴力団員（マルB）には天下の往来を歩かせるな。

美濃部は警視庁組対部はもちろん、所轄や自動車警ら隊などに、ヤクザや半グレを片っ端から職務質問し、どんな微罪でも適用させて逮捕するように命じた。

都知事や政治家を動かし、東鞘会の本部がある銀座や、中核組織の神津組がある赤坂、それに歌舞伎町といった盛り場で大規模な浄化作戦を展開。〝世界一安全な都市 東京〟の名声を取り戻すのを目標として掲げた。

人権を無視した強権的な取り締まりに、一部の知識人やメディアから批判の声が上がったものの、組対部長の経験を活かした東鞘会壊滅作戦は市民の支持を得た。外国人観光客は増加に転じ、都民の体感治安は昨年よりも改善されたとの数字も出ている。美濃部は東鞘会を死に体に追いやった立役者とされている。

豪腕との評価を得る一方、国木田家との関係は深まる一方で、警視総監という立場にありながら、与党自由政民党との深い仲を隠そうともしない。

己の長女を国木田の第二秘書に嫁がせたうえ、父親の地盤を引き継いで代議士となった息子の謙太の庇護者となり、彼の存在を脅かしそうなライバル派閥に属する議員や野党の動向を、組対部や公安部にいる彼の近しい部下に探らせていると、週刊誌にすっぱ抜かれたほどだ。

車田の目はもう潤んではいなかった。彼は真里亜の瞳をのぞき込むように見つめている。世田谷署に出入りしていたころとは別人のようだった。見つめ合っていると、こちらが息苦しさを感じる。

車田が息を吐いた。

「兼高昭吾こと出月梧郎が生きている証拠でも、うっかり現場の者が発見した。そんなところか」

真里亜は息が止まりそうになった。ポーカーフェイスを貫くのが精一杯だ。樺島も口をへの字に結んだが、なぜバレたんだと驚きを隠せずにいる。

口のなかがカラカラだった。静かにコーヒーを口にして平静を装う。

「なぜそう思うのですか？　出月梧郎と兼高昭吾が同一人物かどうかは置いておくとしても、兼高は半年前に死亡しており、遺体は大井埠頭で発見されています」

「だが、依然として犯人(ホシ)は捕まっていない。そもそも、あの死体(ロク)は兼高のものなんかじゃないのさ」

「ええ？」

真里亜は車田を見返した。

彼の顔は相変わらず真剣なままだ。嘘を吐(つ)いているようには見えない。ホラ話を売って糊口(ここう)を凌(しの)ぐ三流ライターではないことをわかっているだけに、タチの悪い宗教や思想に染まってしまった石頭のように映る。

樺島と目で会話をした。彼がわずかに首を振る――やっぱり無駄足だったようだな。

真里亜は咳払(せきばら)いをした。

「車田さん、それはいくらなんでも……」

車田は鼻で笑われるのを予期していたらしく、真里亜たちに掌(てのひら)を向けて、ソファから立ち上がった。

書棚の最上段にしまわれてあった金属製の箱に触れる。アタッシェケースほどの大きさで、持ち運び用の取っ手もついていた。取っ手は盗難防止用の太いワイヤーでくくられてあり、転倒防止用の突っ張り棒と繋がっている。

車田は小さなキーを挿してワイヤーを外すと、取っ手を摑んで箱をテーブルの横に置いた。それはダイヤル錠付きのファイルボックスだ。

車田は四桁の番号を合わせてファイルボックスを開けた。盗難防止用のワイヤーといい、いざ火災になっても消失を免れそうなファイルボックスといい、中身を厳重に管理しているのがうかがえた。

中には数冊のバインダーやクリアファイルが入っていた。車田は一冊のクリアファイルを手に取る。

「叱責覚悟で会いに来たんだ。こちらとしても応じなけりゃならないだろう。こいつはまだどこにも発表していない情報だ」

車田がクリアファイルを開いて真里亜たちに見せた。六つ切サイズの大きな写真が入っている。

真里亜らは息を呑んだ。

写っているのは男性の青々とした背中だった。後光が差した釈迦如来の刺青が彫られてある。男性はかなり大柄であり、肩幅も背中も広かった。

「これは――」

真里亜は途中で口を閉じた。

兼高昭吾は背中に釈迦如来の、胸から腕には不動明王の和彫りを入れていた。半年前に大井埠頭で腐乱死体が発見されたさい、兼高昭吾のものと断定される材料のひとつとなった。

百八十センチを超える長身で、分厚い筋肉の鎧で覆われていたという兼高とは違い、写真の男性は同じく大男ではあるものの、腹回りには脂肪がタップリとついていた。背を向けているため、顔立ちはわからない。

背中を向けた男性の手前には、簡素な木製のテーブルがあり、かなり中身が減った焼酎のボトルとアイスペール、グラスなどが写りこんでいる。

真里亜が指摘した。

「いつの写真ですか。兼高には見えない。肥え太って別人になりすまそうとしたのでもない。腕がスジ彫りのままです」

「そうだ」

車田がクリアファイルのページをめくると、男性を正面から捉えた写真が現れた。

無精ヒゲを伸ばした赤ら顔の中年男だった。安酒場の軒下で呑んでいるようで、男性は半裸のままビールケースに腰かけ、なみなみと注がれた焼酎のグラスを手にしてニコニコと笑っている。

彼の腕には兼高と同じく、不動明王の剣が彫られているが、こちらは未完成だ。アウトラインを描いただけで、色が入っていない。

胸はスジ彫りの不動明王が睨みをきかせていた。いかつい和彫りとは対照的に、中年男の顔立ちは柔和だ。タバコもだいぶ吸うらしく、テーブルには吸い殻でいっぱいになった灰皿があり、男性の歯もヤニでひどく黄ばんでいた。

グラスを持つ男性の手は節くれ立ち、肌は赤銅色に焼けていて、爪は真っ黒に汚れている。和彫りこそ入れてはいるが、ヤクザというより肉体労働に従事してきた者のようだった。

車田が中年男を指さした。

「荒川区の簡易宿泊所で暮らしていた〝徳さん〟だ。本名はわかっていない。主に工事現場での肉体労働をやっていた」

「もしかして……遺体というのは」

「この徳さんは不幸なことに腰を痛めて、しばらく仕事もできずに困窮した日々を過ごしていた。この写真を撮った隣人によれば、徳さんは関西訛りの男の紹介で思わぬあぶく銭を手にしたそうだ。彫り師の練習台になるだけで百万円もらえると。腐乱死体で発見される二ヶ月前のことだ」

樺島は露骨に怪しむような顔になった。

「あんたは大井埠頭の死体が、この徳さんだと言いたげだが、かりにも警察官だったんだろう。江戸時代のドザエモンじゃあるまいし、彫り物がたまたま同じだっただけで、別人を兼高と見間違えたりはしねえ。科学捜査が幅を利かせる時代だぞ」

真里亜も樺島と同じ意見だった。車田は真面目な性格であるがゆえに、激しい思い込みに囚（とら）われているのではと。

兼高ファイルには、自身の身体に刻み込んだ刺青のデザインから彫り師の名前まで記されてあった。徳さんの身体に彫られたのは、兼高とそっくりのデザインであり、注目に値する話ではあった。しかし、それだけで腐乱死体が兼高ではないと判断するのは暴論以外の何物でもない。

腐乱死体の身元を兼高だと断定した決め手は、樺島の言うとおり肌の刺青だけではない。捜査一課の検視官の判断によって司法解剖に回され、男性の死因は頸動脈（けいどうみゃく）を刃物で切られたことによる失血死と判明した。手足の指が切断され、顔を焼かれたのも死後だとわかっている。

肝心の身元は、警視庁の鑑識課員がポータブルX線を駆使して男性の歯の治療痕（こん）を撮影し、兼高が生前通っていたという赤坂の歯科医と照合作業をした結果、一致したことから特定されたのだ。

車田はクリアファイルのページをめくった。

「警察（カイシャ）は見間違えたりはしないし、確かに間が抜けてもいない。ではなぜ遺体（ロク）のDNA型鑑定すらしなかった。警察組織をも揺るがした希代の犯罪者かもしれないのに」

「そんなもん、カネも手間もかかるからだろう」

樺島が即答した。

身元確認の方法はいくつもあるが、判定に時間がかかり、費用も高額なDNA型鑑定をせずに済むのならそれにこしたことはない。歯牙鑑定は費用が安く、数日ですばやく確認できる。

「それじゃ、こいつを見てみろ」

車田が再びクリアファイルを見せた。今度は写真ではない。

大手紙の記事をコピーしたものだ。樺島はいささか老眼が進んでいるらしく、クリアファイルに顔を近づける。

真里亜は眉をひそめた。懐疑的なままでいる彼女たちに、車田はまた新たなカードを切ってよこしたのだ。

「あの歯科医、赤坂の一等地で成功しているらしい。虫歯や歯周病治療を手がけてはいるが、もっぱら審美治療で荒稼ぎしている。場所柄、芸能人や政治家の顧客も持っているそうだ。こんな過去があったにもかかわらず」

クリアファイルの新聞記事には、『歯科医師の男が女子中学生とのみだらな行為で逮捕』なる見出しが書かれてあった。記事の日付は五年前のもので、野暮ったいメガネをかけた白山大地の顔写真が掲載されていた。

逮捕された当時の白山は日本全国に二十箇所もの歯科医院を展開している医療グループに所属、稲城市の大規模なクリニックに勤めていた。そのころに調布市内のラブホテルで、十五歳の少女にみだらな行為をした疑いで逮捕されたとある。

少女とはSNSを通じて知り合い、白山は現金四万円を渡してラブホテルに連れ込んだ。彼は容疑を全面的に認めた。そのうえ、携帯電話から他にも複数の少女とのやりとりが見つかったことから、いくつもの余罪があると見て、調布署はさらに調べを進めているという。

車田が白山の写真を指した。

「少女たちの両親に多額のカネを払って、示談に持っていこうとしたが、手をつけた少女の数が多すぎたため、公判請求されたうえで懲役二年に執行猶予四年の判決が下された。刑務所（ムショ）に入らずに済んだが、職場はクビになった」

「そんな社会的信用を失った歯科医が、たった数年で都内の一等地で自前の診療所を持つに到ったわけですか」

真里亜は携帯端末を取り出した。

白山の診療所をネットで検索すると、すぐに公式サイトがヒットした。『赤坂SDデンタルオフィス』という。

白山の姿は五年前とすっかり違っていた。グレーに染めた頭髪をオールバックにし、肌を浅黒く焼いた姿で、患者の治療にあたっている。メガネはもうかけておらず、いかにも精力的でデキる歯科医師に見せていた。

樺島が顎（あご）に手を当てて記事を睨んだ。マル暴刑事らしい顔つきになる。

破廉恥な事件を起こし、実名と顔写真まで世間にさらされた白山が、短期間で最新機器を用意し、資格を持ったスタッフまできちんと揃えて、赤坂の一等地で医療に励むには、羽振りよくカネを回してくれる金主が必要不可欠なはずだ。

真里亜は携帯端末を樺島にも見せた。彼がうなる。

「淫行で社会的地位もカネも失ったわりに、ごく短期間でイメチェンまで果たして太く儲けてるみたいだ。この変態さんを誰が拾ってやったんだ？」

「〝Uグループ〟だ。この診療所も医療法人化されているが、役員の名簿にはUの幹部と、やつらとつるんでる顧問弁護士の名前があった」

「Uといったら関西じゃねえか。マジなのか」

車田はさらにクリアファイルをめくった。〝医療法人SDハートフルメディカル〟という名簿が記されてある。白山が理事長名義の医療法人だ。

Uグループというのは、もともと新宿界隈を中心とした半グレ集団だった。ヤクザ顔負けのならず者の集まりで、かつて〝雄渾〟なる地下格闘技興行を定期的に開いていたため、自然とUグループ、あるいはUと呼ばれるようになった。マル暴刑事はもちろん、真里亜でも存在は知っている。無許可のキャバクラやガールズバーをいくつも経営し、やがてイベント系サークルの利権にも手を出し、大規模な闇金グループの運営や振り込め詐欺にも手を染めた。

Uグループの背後にいるのは、華岡組の中核組織である琢真会系の組織だ。Uグループのメンバーの中にも琢真会系の盃をもらって暴力団員になったものがいた。昨夜捕えた垣内の栄興業にもUグループ出身の極道がいたはずだ。

　樺島が役員名簿を凝視した。

「監事は〝半グレの庇護者〟で有名な弁護士先生だ」

　車田がうなずいた。

「赤坂は昔から東鞘会系神津組の縄張りだが、バックについているのは華岡組の本流である琢真会だ。この診療所がUグループを使った華岡組の縄張り荒らしなのは明白だった。武闘派で知られる神津組といえども、なかなか手出しは出来なかったようだ。神津組の出世頭だった兼高昭吾が、わざわざ敵の城に通院していたとは思えない。反目の組織が営む歯医者に行って、『マラソンマン』みたいな拷問に遭うかもしれないからな」

「まさか……カルテは偽造されたものと？」

　真里亜はおそるおそる問いかけた。

　これ以上踏み込むのは危うい。ヒリヒリとした危険な気配を感じる。知ってしまったら、もう引き返せなくなる。指紋係の飛鳥の気持ちを、今になって本当に理解できた気がする。

　車田は首を横に振った。

「さあな。一介の物書きにはそこまでが限界だ。ただし、神津組の元組員に何人も訊いて回った。名うてのキラーだった兼高は肩を脱臼したり、銃弾を浴びたり、しょっちゅうケガを負っていたらしいが、歯科に通っていたと証言するやつはひとりも現れていない。一体、どこの誰が兼高のカルテなんてものを見つけたんだろうな」

車田はクリアファイルを閉じた。再び金属製のファイルボックスにしまって施錠する。

「ひとまず、おれが教えられるのはここまでだ」

車田はファイルボックスを抱えて再び書棚に戻した。

彼は真里亜たちの想像を超える情報を提供してくれた。思わぬ収獲を喜ぶべきかもしれない。

ただし、真里亜に高揚はなかった。樺島も同じのようだ。見てはならないものを見てしまったような居心地の悪さを感じていた。

車田は窓から外を見下ろした。部屋はマンションの最上階にあった。

「おれも出月に会ってみたいもんだ。たとえ宮口のように殺されるとしても」

部屋からは、世田谷区豪徳寺のせせこましい路地と密集した一軒家やアパートが見渡せた。

マンションは五階建てで、さほど高さがあるわけではないが、下からハシゴで上るのは難しそうだ。ベランダの外壁の上には、金属製の頑丈な鉄柵が取りつけられている。鉄柵の先端は忍び返しとなっており、まるで槍のように鋭く尖っている。どの窓にも面格子が取りつけられてあった。

玄関前には防犯カメラが睨みをきかせ、ドアにはサムターン錠に加えて、三つのドアガードもある。暴力団の事務所にも匹敵するセキュリティだ。

車田自身も肉体の鍛錬を怠っていないようで、ＮＰＯ法人に勤務していたころよりも身体が引き締まっている。底知れぬ体力の持ち主だが、それも学生時代にアマレスで培ったのだという。かりに宮口を殺害した襲撃犯が狙ってきたとしても、彼なら撃退しそうに思えた。きっと護身用具や武具も部屋に置いてあるだろう。

車田はソファに戻ると手を叩いた。

「有益な情報を感謝するよ。出月が生存していたという確証がまたひとつ得られた。あんたらは後悔してるだろうけどな。厄介な話を聞いちまったと」

「あんた……おれらを試したな」

樺島は苦しげにうめいた。

出月梧郎の指紋と思しき遺留品を事件現場で発見した指紋係の飛鳥たちは、賞賛されるどころか、おかしなことに貴重な証拠を握りつぶされそうになっている。

裏切り者の車田に会っただけでも問題視されるだろうに、兼高はまだ生きており、半年前に発見された死体は別人だと報告しようものなら、特捜本部を外されかねない。

車田はひっそりと笑った。

「試したんじゃない。親切に忠告してやっただけだ。いっそ聞かなかったことにして生きろと。あんたら兵隊じゃどうにもならない。それとも、おれから聞き出した情報を、特捜本部のお偉方にホウレンソウする度胸はあるのか？」

「ちくしょうめ……」

樺島が顔をしかめてうなった。

「私はします。聞いた以上は放置できません」

真里亜は断言するように言った。

刑事を目指したのは、罪を犯した者が裁きを受けずにシャバを謳歌（おうか）しているのが我慢ならなかったからだ。

車田に赤バッジを指さされた。

「今の宮口殺しから外されるのはもちろん、そいつまで失うかもしれないぞ」

「私がいるのは捜査一課（ソウイチ）です。上司も同僚も真相解明のためなら鬼にも修羅にもなる人たちばかり。私と同じく先程の話に興味を抱くはずです」

車田が披露してくれた話をすべて信じたわけではない。かりに事実であるとすれば、組特隊を中心とした組対部は怠慢やミスとは言い難い、とてつもない謀略に手を染めていた可能性さえある。

本当に半年前の腐乱死体は兼高のものだったのか。兼高とそっくりのデザインの刺青（いれずみ）を、肉体労働者の男性に彫らせた関西訛（なま）りの男とは何者なのか。歯牙（しが）鑑定は本当に別人のもので行われたのか。

なぜそうまでして、兼高を死んだことにさせたかったのか。出月の指紋の件と合わせ、ひどく胸騒ぎを覚えた。

真里亜は樺島に頭を下げた。

「ご迷惑をおかけします。私が無理やり樺島さんをお連れしたことにして、とにかく私が先走ったとしていただければ」

「いいよ。おれもとことんつきあうさ。真相解明を目指すやつが、こんな口裏合わせを企むようじゃ締まらねえ」

樺島が両手を振って続けた。

「それに真相を突き止めたいと願うのは、あんたら捜査一課だけじゃねえ。所轄のマル暴だって同じさ。ずっと我妻の件が引っかかってた。あの野郎は組対四課でもイケイケの武闘派で、東鞘会を追いこむためなら組特隊の捜査にも平気で横やりを入れた。ハニトラに引っかかる純朴なやつでもあったが、だからといって女に誑かされた程度で自殺するようなヤワな男でもなかった。そうだろう？」

樺島は車田に笑いかけた。車田はうなずく。

「象が踏んでも壊れないような男だった。ただし、そんなやつですら組特隊や東鞘会に首を突っこんで、やがては煙のように消えてしまった。想像以上に闇は深いと思ったほうがいい。とくに美濃部や岩倉が仕切る今の警視庁には」

「ありがとうございます」

車田が腕時計に目を落とす。それを潮に立ち上がった。

真里亜たちを玄関まで見送ってくれた。彼は真里亜を憐れむような目をしていた。この先は茨（いばら）の道が待っているぞと、無言で伝えている。

「困難な壁にぶち当たったら、兼高ファイルを読み返すといい。突破口が見つかるかもしれない」

車田の表情は到って真剣だった。

5

小田急線の各駅停車は空いていた。

豪徳寺駅から電車に乗りこむと、樺島はくたびれた様子で座席に座った。車田への聞き込みは一時間にも満たないが、すでに数十件も回ったかのような疲労感が伝わってくる。

真里亜も同じだった。宮口殺しにもつながりそうな重要な情報を入手した。だが、普段のような高揚感はない。扱い方を間違えれば大怪我をしかねない爆発物を持たされたような気分だった。

樺島はビジネスバッグに手を突っこんだ。ドライフルーツが入った袋を取り出した。真里亜に勧める。

真里亜は下手に遠慮をせず、バナナやオレンジを口に運んだ。先程ケーキを食べたばかりだったが、疲弊した脳に糖分が染み渡るのを感じた。

樺島は何度もドライフルーツを口に入れ、リスみたいに頬を膨らませてから咀嚼した。

樺島の周りはガラガラだった。電車が駅に停まり、新たな乗客が乗りこむものの、誰も彼の近くには寄らない。眉を剃った顔面凶器の大男と一緒にいると、広々とした空間を得ることができた。

樺島は〝飲む打つ買う〟を好みそうなヤクザ刑事に見えるが、実際は下戸の愛妻家だ。甘い物に目がないようで、ビジネスバッグのポケットにドライフルーツやグミをぎっしり詰めている。彼がビジネスバッグのジッパーを開けるたび、駄菓子屋に足を踏み入れたような甘い香りがした。

樺島がドライフルーツの袋をしまった。

「で、上に報告するのか？」

「やっぱり、私が先走ったことにしますか？　樺島さんを半ば無理やりつきあわせたのは事実ですし」

「一応、確認しただけさ。刑事に二言はない」

樺島は表情を引き締めた。彼の唇に砂糖がついたままなため、真里亜は噴き出しそうになるのを堪える必要があった。

真里亜は小声で訊いた。

「どこまで本当だと思いますか？」

「そうだな」

樺島が腕組みをして中空を睨んだ。

「警察組織を悪者にして食ってるペンゴロかと思いきや、車田本人は大真面目なようだ。愚直に兼高ファイルを追いかけてきたんだろう。おれらにくれた情報に関しても、ちゃんと芯を食ってるとさえ思う」

「車田さんの話が事実だとしたら、関西の華岡組の関与が疑われます。徳さんという日雇い労働者に兼高と同じデザインの刺青を彫って……」

「歯の具合も医者に診せたんだろう。徳さんを兼高昭吾に仕立て上げ、歯のカルテをきっちり作成した後、始末して海に放ったんだろうな」

「どうして華岡組が、そんな手の込んだ真似を」

樺島はグミの袋を取り出した。開けようとしたものの、再びビジネスバッグにしまい直す。

「仮定に仮定の話を積み上げても仕方ねえんだが、東鞘会と華岡組は長いこと暗闘を続けている。やつらの経緯は知っているよな」

真里亜はうなずいた。

華岡組当代の琢磨栄の悲願はヤクザ社会の統一であり、首都東京を陥落させるため、東鞘会の分裂抗争にも一枚嚙み、同団体から分裂した和鞘連合を密かに支援した過去がある。和鞘連合が東鞘会六代目の神津太一の暗殺に成功したのも、華岡組が人手と武器を与えたからだという。

神津太一の後を継いだ七代目の十朱義孝は、華岡組への意趣返しを実行した。琢磨は名古屋を地盤とし、中京勢を露骨に優遇する側近政治を行っていた。冷や飯を食わされていた華岡組内の関西派に多額のカネを支援し、琢磨に三行半を突きつけるように焚きつけたのだ。

しかし、それから間もなくして、十朱義孝も組特隊の銃弾によって死亡。東鞘会からのカネを元手に、関西派は六甲華岡組を結成し、琢磨に逆縁をして赤っ恥をこそ掻かせたが、バックアップに回るはずだった東鞘会が崩壊寸前の今では、関西派のクーデターは不発に終わったといえる。現在の構成員は千人にも満たない有様だという。東鞘会と華岡組はお互いに組織の内部崩壊を目論んできた歴史がある。兼高ファイルが世にバラ撒かれたさいも、華岡組の関与が疑われたほどだ。

わざわざ人を誑かして刺青を入れさせ、企業舎弟の歯医者まで使い、遺体を兼高のものに偽装させる。東鞘会とは深い因縁があるとはいえ、なぜ関西ヤクザがそれほどの手間とカネをかけるのかがわからなかった。

真里亜が疑問を口にすると、樺島が苦しげにうつむいた。

「この腐乱死体も、ヤクザ者の死体だってことで、所轄だけじゃなく、捜査一課と組対四課が動いたんだが、やはり今回と同じく組特隊が出張ってきたらしい。東鞘会を身体張って潰してきた連中だ。カルテを提供した歯科医がロリコンの前科持ちで、半グレ経由で関西から資金提供を受けたことも知らなかったとは思えねえのさ」

「そんな……警視庁（カイシャ）も偽装工作に一枚嚙んでいたということですか？」

真里亜は目まいを覚えた。しばし目をつむり、視界が安定するのを待つ。

警察組織は決して清廉ではない。とくに名うてのスパイまで送りこんでくる東鞘会との戦いは、兼高ファイルに書かれるまでもなく苛烈（かれつ）を極めただろう。現役警察官を潜入させて、拷問や殺人までやらせたとは考えにくいが、現警視総監の美濃部がかつて和鞘連合に神津太一の隠れ家をリークしたように、東鞘会に対してはダーティな手法も取ってきたはずだ。

だが、それも先鋭化した東鞘会を潰すという大義があってこそだ。

現在の警視庁はなにを守るために動いているというのか。殺人現場で発見された指紋をなかったことにし、別人の遺体を兼高のものと偽装させる。

それはいわば、警視庁が暴力団とともに、罪のない市民を殺害したも同然だ。市民を守るために正義を貫くのが警察の役割であり、真実を歪（ゆが）めて犯罪を隠蔽（いんぺい）することではないはずだ。

樺島は我慢ができなくなったのか、けっきょくグミの袋を開けて、数個を口に放った。イチゴの香料が漂う。真里亜にもグミを勧めてくれたが断った。口のなかがだいぶ甘ったるい。

「先走りは禁物だ。車田が札付きのペンゴロじゃなかったからといって、あいつが見せてくれた徳さんとやらの存在や、歯科医の役員名簿が本当かどうかはまだわかっちゃいないんだ。それこそ警視庁を混乱に陥れようとする罠かもしれねえ」

真里亜は相槌を打ってみせた。自分としても己が所属する組織を疑いたくはない。

官給の携帯端末が振動した。ポケットから取り出して液晶画面に目をやった。樺島も顔を近づけて液晶画面の文字を読んでいる。

直属の上司で係長の八重光平からで、送られてきたのはショートメッセージだ。文章は端的で短い。

〈捜査に動きがあった。至急、特捜本部に戻れ〉

樺島が呟いた。

「なんだろうな」

八重から細々と連絡が来るのは珍しくない。

世田谷署にいた真里亜を捜査一課に引き抜いてくれた恩人でもある。捜査一課と激務で知られる大規模警察署の捜査一係を歩んできた殺人捜査のベテランだ。

実の娘のように真里亜に目をかけてくれる一方、仕事の正確性をなによりも重んじ、書類仕事で抜かりがあれば、容赦なく雷を落とす怖い職人でもあった。ホウレンソウに関してもやかましく、一日一回の捜査会議だけでは物足りず、外で聞き込みをしているさいにたびたび報告を求めてくることもある。

〈了解。約二十分で帰署します〉

ショートメッセージを返信した。

携帯端末に文字を入力する指が震えていることに気づく。タイミングよく上司と話し合える時間が取れるのだ。武者震いだと思いたかった。

小田急新宿駅を降り、特捜本部が置かれた新宿署まで徒歩で向かう。警察官は概して歩くのが速い。真里亜も八重のもとで鍛えられ、歩く速度は男性警察官をも上回るようになった。樺島も腹をくくったのか、昨夜よりも早足になっていた。

深呼吸をしてから新宿署の講堂に入った。内勤班がいるだけでお偉方の姿はなく、係長の八重だけでなく、特捜本部の実質的な指揮官である管理官の佐々木や、大きな顔をしていた組特隊の近田も見当たらない。

「こっちだ」

八重に後ろから声をかけられた。

彼の顔色は優れなかった。五十代半ばの年齢に差しかかり、署での連日の泊まり込みで肉体が悲鳴を上げているようだった。頭髪を黒々と染めて若々しさを維持しようと努力はしているが、肌に張りがなく、目の下にはひどい隈ができていて、疲れた五十男以外の何者にも見えない。

顔色が悪いだけではない。重苦しい雰囲気を漂わせている。捜査に動きがあったと知らせを寄こしていたものの、芳しくないと顔に書いてあった。

八重に手招きをされて講堂を出た。同じ階にある会議室へと連れていかれる。

「バカなことを……お前はなにをやってるんだ」

会議室のドアを開けながら、八重はうめくように言った。

真里亜らは目を見開いた。まるで彼女たちを待ち構えていたかのように、特捜本部の指揮官たちが勢揃いしていたからだ。

コの字形に並べられた長机には、組特隊の近田隊長を筆頭に、管理官の佐々木や樺島の上司の新宿署組対課長が待ち構えていた。

八重のうめきで概ね事態を察知した。幹部たちは彼と同じく苦虫を嚙み潰したような表情であり、真里亜たちに向ける視線は、朝の捜査会議よりも鋭利で、もはや敵視と呼ぶに相応しい。近田は不機嫌そうに口を歪めている。

会議室の真ん中にはふたり分のパイプ椅子が置かれてあり、八重に腰かけるよう促された。電気椅子に座らされるような気分に陥る。樺島も面食らった様子だ。

おそらく、車田の世田谷の住処には組特隊が張り込んでいたのだろう。警察組織に対してネガティブキャンペーンを張るかのような著書をいくつも出しただけではなく、兼高ファイルにまで首を突っこむ裏切り者を監視していたのだ。

真里亜は正面から近田を見つめた。どのみち上司に報告と相談をしようと思っていた。宮口殺しや腐乱死体の真相について、もっとも詳しく知る人物が目の前にいるのだ。無謀ではあるが、一種のチャンスとも言えた。

「わざわざ車田拓に会った理由はなんだ。やつとはこれまで何度接触した」

近田がおもむろに口を開いた。まるで敵と通じたかのような棘のある聞き方だ。

「今朝が初めてです。私たちが聞き込む対象者(マルタイ)は、ほぼ全員が朝まで歌舞伎町で働くナイトビジネスの関係者です。睡眠中の彼らをたたき起こしたところで、ロクな情報を得られないと思い、被害者(ガイシャ)の同業者でもあった車田さんに話を聞きにうかがいました」

「樺島、てめえはなにやってた。ボサーッとでくの坊と化して、一緒についてったのか」

組対課長が部下の樺島を睨(にら)みつけた。

樺島とは対照的なのっぺりとした顔つきで、灰色の頭髪を七三に分けている。口調こそヤクザ者のようだったが、おそらく公安畑が長かったのだろう。

今のマル暴では樺島のようなコワモテ型のほうが少数派だ。ヤクザにナメられないよう迫力を出すために努力をする者より、むしろ公安刑事のように警察官に見えぬよう存在感を消そうとする者が多い。捜査手法もひっそりと暴力団をデジタル技術や人海戦術で監視し、構成員をカタに嵌(は)めるなどして情報提供者を作る公安型に移っている。

組特隊も同じだ。特捜本部に送りこまれた組特隊の男たちからは刑事の臭いがまるでしなかった。刑事畑を歩んできた人間独特の威圧的な空気や目つきの鋭さもなく、ごく真面目で無味無臭のサラリーマン風だ。殉職した前任の阿内や、自殺したという彼の前の隊長も、公安部のエースとして腕を振るったという。

樺島は首を横に振った。

「ボサーッと書類仕事で時間潰(つぶ)すよりも有効的な時間の使い方だと思っただけですよ。殺しの捜査は時間との勝負じゃないですか。まさかこれほどまで車田にビビってるなんて、下っ端の兵隊には気づきようもなかった」

「なんだその口の利き方は！　ビビってるとはなんだ」

組対課長が声を張り上げた。その一方で、彼が近田のほうに目を走らせるのを見逃さなかった。

前隊長の阿内は壮絶な殉職を遂げた。彼を〝現代日本のエリオット・ネス〟と称える雑誌やネット記事もある。組特隊は英雄として称えられ、警視庁内で大きな影響力を持つに到った。

ヤクザ社会の規模が小さくなるにつれ、警察組織においてもマル暴の予算は縮小傾向にあるが、組特隊は特別視されて人員も予算も大幅に増やされた。特殊詐欺に手を染める詐欺グループや外国人マフィアを叩き、いよいよ東鞘会を完全に解散させると意気込んでいる。

〝エリオット・ネス〟の後任を務める近田は、警視総監の美濃部と同郷でゴルフ仲間でもある。今の彼には組対部長さえ容易に口出しはできないとの噂もある。

お歴々の予想外の威圧に驚きはしたものの、帰署するまでの間に覚悟を決めてはいた。そのためか、なんとか冷静さを保ち、幹部たちの微妙な力関係を掴むことができた。

近田は扇子を煽ぎ、冷暖房のスイッチを顎で指した。末席に座っていた八重が立ち上がり、冷房の設定温度を下げた。朝の捜査会議の場でもなにかと仕切りたがっていたが、誰がボスであるのかを示さずにはいられないタイプだ。

近田が真里亜を舐(な)めるように見つめた。

「それにしても妙な行動を取ったな。八重係長からはチームワークをなにより重んじ、勝手な行動に走るようなタイプではないと聞いている。昨夜までは忠実に上からの指示に従い、歌舞伎町で地道に聞き込みに励んでいた。かりに車田拓に会うとしても、上司に相談してから向かっていただろう。なぜ上に黙って会った」

近田を〝美濃部の茶坊主〟と揶揄(やゆ)する者もいる。そうはいっても、ノンキャリアの叩き上げでありながら、警視正にまで出世し、組対部参事官や上野署署長といった要職を務めてきた男だ。

真里亜は相手の感情を読み取るのを得意としているが、近田の腹のうちまでは見通せなかった。

「昨夜、現行犯逮捕(ゲンタイ)した垣内から兼高ファイルに関する供述を得ました。宮口殺しとの関連があるようには思えませんでしたが、被害者(マルガイ)が暴力団取材の第一人者だっただけに、もしかすると兼高ファイルにも関心を持っていたのではないかと思い、かつてNPO法人の職員として古巣の世田谷署に出入りしていた車田さんに話を伺いに行った次第です。被害者(マルガイ)の顔見知りの意見を聞いてみようと、深く考えもせずに行動してしまいました。申し訳ありません。責任は私にあります」

「淀(よど)みなく答えやがって。用意した原稿をそのまま読み上げたかのようだ」

近田は扇子を閉じながら鼻で笑った。

「ですが――」

近田は気だるそうに掌を向け、真里亜の言葉を遮った。彼は急に八重に向かって話しかける。

「彼女は妖怪だそうだな。人の心を読めるとか」

「妖怪などとは……ただひじょうに優れた観察眼を持っていることから、職務質問でのた」

検挙率は群を抜いており、世田谷署では取り調べのエースとして高い評価を得ていまし
八重が答えた。部下を褒め称えてくれてはいるが、八重本人は胃でも痛めたかのように苦しげな顔つきのままだった。近田は相槌を打つ。

「優れた観察眼となりゃ、視野も広くて気も利くんだろう。上司からも後輩からも慕われているそうじゃないか」

「……ええ」

近田は突然、扇子を真里亜に向けた。

「読んだな。今朝の会議で」

「はい？」

質問の意図はわかったが、問い返さずにはいられなかった。近田が笑いかける――目は少しも笑っていない。

「鑑識課員のお嬢ちゃんだ。今朝は捨てられた子猫みたいに、ブルブル震えていたから

な。勘のいいやつだったら、なにかがあったと悟る」

真里亜は敢えて顔を強ばらせてみせた。

近田がカマをかけてきただけかもしれず、自分から出月の指紋の件を切り出すわけにはいかなかった。かといって無反応でいれば、飛鳥から聞き出したと相手に教えてしまうようなものだ。

「他人の心は読めても、読ませない能力はイマイチだな。大根役者の域を出ていない」

近田は笑みを湛えたまま人差し指を立てた。指紋という意味だろう。年貢の納め時のようだ。

近田のカマかけに驚くものはいない。つまり、指紋係の話はすでに特捜本部の幹部全員が共有しているらしい。

真里亜は息を吐いた。一介の巡査部長が、今をときめく花形部署のトップに直接モノを言える機会などそうそうありはしない。

「出月の指紋が現場から出たと耳にしました。なぜ、それをもみ消されるようなことが起きたのですか？」

会議室内が静かにざわめく。近田は困り顔になり、首を横に振った。

「マル暴のおれに聞かれても困るな。鑑識課内での揉め事だし、単に自動指紋識別システムの不具合だと聞いている。佐々木管理官、そうだったな」

佐々木がうなずいてみせた。

真里亜は佐々木を睨んだ。数々の難事件を解決してきた彼も、もとは鑑識課員として科学捜査を徹底的に叩きこまれた男のはずだ。近田に同意を示しつつも、苦渋の表情までは隠し切れていない。後ろめたさを感じているのか、真里亜とは目を合わせようとしなかった。

真里亜は佐々木に言った。

「釈迦に説法ですが、機械のほうにミスがあったとしても、指紋の鑑定は人の目が決め手となります。指紋係の職人たちが出月のものだと断定したと聞いています。なぜ、そんな重要な事実をあなたがたは——」

近田が声を張り上げて、真里亜の言葉を遮った。

「まさしく釈迦に説法だ。プライドの高い鑑識の職人たちが揉めるのなんて珍しくもない話だ。それに、ここはお前の弁論の場じゃない。訊かれたことにだけ答えて、あとは口を閉じておけ」

「とても閉じられません。私は——」

「図に乗るな。若輩の部長刑事如きがペラ回しやがって。お前は尋問される側であって、尋問するほうじゃない！」

近田が笑みを消し、テーブルを叩いた。

笑みから一転して、眉間にシワを寄せてうなった。今朝の捜査会議よりも空気が張りつめる。

「お前はポン中ヤクザから兼高ファイルについて聞かされ、翌朝になって鑑識課内のゴタゴタに勘づいて、まんまとくだらぬ陰謀論に染まった。おおかた車田に指紋(モン)のことまで喋(しゃべ)り、やつにすっかり洗脳されて戻ってきたといったところか」

「指紋(モン)のことは話していません」

「手土産もないまま、あの男が警察官(サツカン)に協力するわけがない。すでにカネはたらふく稼いでいるだろうし、色仕掛けを使おうとしても、あいつは男のほうを好む。樺島部長、お前がやつにケツを貸す約束でもしたか？」

「……いいえ」

樺島は顔をしかめた。ほんの一瞬だったが、彼から怒気のようなものを感じ取った。

「指紋(モン)のことは一切話してはいません。ただし、この特捜本部の動きが奇妙だと、私が彼に伝えたのは事実です」

真里亜が答えた。樺島はただ巻き込まれただけに過ぎない。

佐々木が失望したように目を固くつむってうつむいた。八重のほうを見やると、彼も肩を落としてうなだれる。

事態を受け入れるしかない。警察組織が監視までつけるほど嫌悪している人物に、捜査情報を漏らしたとなれば、特捜本部を外されるだけでは済まないだろう。赤バッジも失うかもしれない。

「かりにお前の話が事実だとしても、車田は一応優れた刑事(デカ)だった。それだけでこっちになにがあったか、おおかた悟っただろうよ。それで、こっちの内部情報をネタにして、やつからなにを聞き出した」

「いろいろとです。たとえば半年前に大井埠頭で発見された腐乱死体のこととかを」

真里亜は取調官になったつもりでカードを切った。

どのみち冷や飯を食わされるのなら、大物幹部にがっちり食いこんで、少しでも情報を得られたほうがいい。宮口殺しの件も兼高ファイルも諦めてはいなかった。

「兼高昭吾の死体の件か。それがどうした」

近田の顔つきが冷ややかになった。腹の内を探られまいと守りの姿勢に入ったのがわかる。

「車田さんから興味深い話をうかがいました。兼高昭吾とそっくりの刺青を入れさせられた肉体労働者の存在、それから腐乱死体の歯牙鑑定に関わった歯医者のバックについてです」

真里亜は詳細を述べた。

徳さんなる肉体労働者が身体に兼高とまったく同じ刺青を彫られ、その後にぷっつりと姿を消してしまった件。腐乱死体の歯牙鑑定にかかわったのが、華岡組とつながりのあるクロい歯医者であることも。

幹部たちの間で再びざわめきが起きた。佐々木や八重も初めて耳にしたらしく、驚いたように近田の顔を見つめる。

真里亜はさらに続けた。

「大井埠頭の事件（ヤマ）には、組特隊を始め多数のマル暴捜査官が特捜本部に加わっていたそうですね。歯医者の前科（マエ）についても、バックに半グレや華岡組がついているのも把握していたでしょう。にもかかわらず、ＤＮＡ型鑑定をせずに刺青と歯牙鑑定で、死体を兼高と判断したのが不思議に思えてなりません」

組対課長が口を挟んだ。

「あっちにはあっちのやり方があるだけだ。一兵卒が気にするような――」

近田が咳払い（せきばらい）をして組対課長を制した。

「一兵卒ごときがよその事件（ヤマ）にまで顔突っこむなと、ピシャリと言って終わらせるのは簡単だが、そうなりゃ彼女は車田の思想にもっと傾倒しそうだ」

「私は真相を見極めたいだけです」

真里亜は拳（こぶし）を固めた。

「お前の言うとおりだ。例の歯医者の件は当然ながら把握している。いくら関西がケツを持っているとはいえ、診療所のある赤坂は東鞘会系神津組の金城湯池だ。どちらにもみかじめ料を納め、両者の顔を立てていただけだ。組員の歯の治療をタダでやらせていたりしてな。元若頭の三國俊也なんてのは、歯列矯正にホワイトニングまでやらせていた」

「兼高昭吾も通院していたのですか？　車田さんによれば、歯科に通っていたと証言する者をひとりも見つけていないようですが」

「そりゃそうだろう。あの診療所は闇治療もやっていた。兼高という男は神津組内でも極秘任務でのし上がった武闘派だ。自身も肩を脱臼したり、刃物で腹を刺されたり、バットで顔をぶん殴られたりしてな。ひそかにあの診療所で折られた歯の治療を受けて、顎の骨にジルコニアセラミックのインプラントを二本埋め込んでいた。治療費に総額一千万円以上もかかる歯を入れてるやつはそういない。おかげで身体が腐ってガスで風船みたいになろうが、指がなくなっていようが、歯牙鑑定はつつがなく進んだ」

「白山は警視庁の情報提供者でもあったということですね」

「頭が回るじゃないか。そういうことだ。『赤坂ＳＤデンタルオフィス』と言ったか。そうでなければ、あんな真っ黒な診療所の医者などとっくに逮捕ってる。フタを開けてみりゃ、真相なんてのはこんなものでしかない」

　真里亜は近田の顔を観察した。

　ガセネタを掴んで帰ってきた愚かな部下に対し、真摯に説き伏せてやっているように見える。あるいは真相から遠ざけているようにも映る。

　近田の説明には淀みがなさすぎる。真里亜たちが車田に接触したのを知り、前もって回答を準備していたように感じられた。

　近田は息を吐いた。

「納得が行っていないという顔だな」

「いえ……」

「嘘をつくな。おれも嫌になるほどいろんな連中と顔を突き合せてきた。お前ほどではないが、それなりに腹は読める」

「徳さんという男の行方もわかっているんですか？」

「無論だ。車田が優秀な元刑事であっても、やつと警視庁（カイシャ）とでは、当然ながら捜査力はアリと巨象ほど違う。そちらに関しても入念に調べたうえで、大井埠頭の死体（ロク）とは無関係と判断した」

真里亜はなおも尋ねようとした――では、徳さんは現在、どこでなにをしているのか。

しかし、口を閉じた。

近田はおそらく淀みなく答えてくれるだろう。表情や姿勢から自信さえうかがえた。

そして、いくら彼が親切に教えてくれたとしても、自分の気が晴れそうにないことも。

近田が八重に訊いた。

「彼女は肉親を失ってるんだってな。妹さんだったか」

「姉です。神野琉夏（るか）さんと」

「失礼。犯人（ホシ）は現在に到るまで捕まっておらず、事件から十五年も経ってしまった。お姉さんのことを考えれば、お前が職務に前のめりになるのはもっともだ。その若さで捜査一（ソウイチ）課に引っ張られたのも納得がいく。合コンだのゲームだのに現（うつつ）を抜かす最近の若手に、爪の垢（あか）を煎（せん）じて飲ませたいくらいだ」

「なにが仰りたいのでしょう」

真里亜の声が震えた。

気軽に琉夏の名前を口にされて、腹のなかがカッと熱くなった。近田は背もたれに身体を預け、見下ろすような視線を彼女に向ける。

「ガッツのある猟犬タイプの若手刑事が陥りやすい罠に嵌まったってことだ。真相を知ろうと夢中になるあまり、よくできた獲物を差し出されると一心不乱で齧りついちまう。本物そっくりのゴミだと気づかずにな。たちが悪いヤツはゴミと薄々気づきながらも、獲物だと信じこんで飼い主のもとに運んで調子づく。優秀な刑事だった車田もその類だ」

「仰るとおりかもしれません」

真里亜はうつむいた。

近田の言葉に憤りを覚えたが、自分が猪武者である自覚はあった。彼の言うとおり、自分は車田のエサに食いついた。勝手に偽の獲物に噛みついたと、近田たち飼い主に叱られている。

しかも、飼い主らから厳しく叱咤されているのに、未だにくわえているのが獲物だと諦めきれずにいる。一介のジャーナリストに会っただけだというのに、特捜本部の幹部がすばやく勢揃いし、持ち帰った情報はただのゴミだと否定し、お前は車田に洗脳されかかっていると警告をする。その対応自体が異様に思えてならなかった。

「なにが『仰るとおり』だ。『納得いかない』と顔にでっかく書かれてる」

近田が話は終わったとばかりに立ち上がった。会議室を出るさいに告げてくる。

「宮口殺しの事件（ヤマ）から外れろ。おれに必要なのは、勝手にほいほい出かけてゴミを持ち帰るような犬じゃないんでな」

「お前もだ！　また跳ねっ返りのチンピラが暴れねえよう、大前田の事務所でも見張ってろ」

組対課長が青筋を立てて樺島に怒鳴った。

「承知しました」

樺島は神妙な顔で一礼した。

組対課長や管理官の佐々木も会議室を後にした。真里亜は立ち上がって、彼らに深々と頭を下げた。室内に残った直属の上司の八重に最敬礼をする。

「申し訳ありません。係長にはご迷惑をおかけします」

八重がため息をついた。

「バカ者（もん）が。あれだけホウレンソウとくどくど言ってきたのに」

「相談していたら、止めていたでしょう」

「当たり前だ。お前はまだ警視庁（カイシャ）のことがわかっていない。それでも組特隊（ソトク）が兼高ファイルみたいなデタラメに、どれだけナーバスになっているかは知らないはずはないだろう」

「予想以上でした」

兼高ファイルでは、組特隊は法を無視した暴走集団として描かれている。

隊長の阿内は制服警察官の出月梧郎を、非情な暴力団員の兼高昭吾として教育した。刺青(いれずみ)を彫らせただけでなく、顔まで整形させて送りこみ、その一方で東鞘会からはじき出された氏家勝一を支援して、東鞘会の最高幹部の土岐勉を殺害させた。

組特隊にそれだけ巨費が投じられた背景には、東鞘会の七代目である十朱自身が元潜入捜査官だったという理由があったからだという。組特隊の目的は出月を巧みに潜らせ、勝一の尻(しり)を叩(たた)いて、十朱と最高幹部たちを抹殺することにあった……。

十朱も勝一も壮絶な死を遂げ、絵図を描いた阿内本人も散った。阿内は身体を張って東京の治安を死守した男として、世間から英雄として称(たた)えられた。

阿内の葬儀には警視総監が参列したこともあり、多くのテレビクルーが撮影に訪れ、葬儀会館には警察関係者だけでなく、報道を通じて知ったという参列者が多く詰めかけた。警察葬も各新聞で大きく取り上げられている。東鞘会に立ち向かった阿内と組特隊は、東鞘会の凶悪犯罪に右往左往させられた経緯を打ち消すのにはもってこいの存在だ。

それだけに英雄の阿内を貶(おとし)める兼高ファイルと、それを触れ回る車田のようなジャーナリストの存在は、ひどく目障りだったに違いない。とはいえ、ここまで神経質になっているとは思っていなかった。

真里亜は樺島にも頭を下げた。

「樺島さんにも迷惑をかけてしまいました」

「謝る必要はねえよ。おれだってたまげたさ。せいぜい叱られるとしても、組対課長あたりに雷を落とされる程度と甘く見積もっていた。まさか、今をときめく組特隊の隊長様に懇々と説諭されるとはな。お歴々はなにをそんなにビクついているんだか」

真里亜は頭を上げて八重に迫った。

「それでも……私はまだ納得がいきません。指紋(モン)の件もそうです。あの指紋係の職人たちが鑑定したというのに、それが覆るなんておかしいじゃないですか。係長だって納得してはいないんじゃないですか？」

八重は苦々しげに顔を歪(ゆが)めた。彼の顔色がいつも以上に悪いのは、上層部の考えを受け入れがたいと感じているからかもしれない。

警視庁の捜査一課員は、若手もベテランも誰しもが〝ガッツのある猟犬〟だ。誇り高き職人集団であるだけに押しも強い。普段であれば、佐々木や八重が指紋係長を激しく問い詰めていたはずだ。

車田の言葉がよぎる。

――現在の刑事部長は岩倉俊太郎で、組特隊に東鞘会潰しをやらせた当時の組対部長の美濃部尚志は今や警視総監様だ。なにが起きてもおかしくはない。

「組特隊(ソトク)だけじゃなく、岩倉部長からもなにか指示が――」

八重は言葉を遮るように手を振った。

「三日間、休みをやる。捜査一課(こっち)に来てから、まともに休みを取っていないだろう。骨休めをしながら頭を冷やせ」

八重は強い口調で命じながらも、目を合わせようとしなかった。やはりこの上司も苦悩しているのだと悟った。指紋係員の飛鳥や自分と同じように。

「お前を失いたくない。頼む」

「わかりました。未熟者の部下で、係長には苦労をおかけします」

真里亜は再び頭を下げた。

6

自宅に戻ったのは六日ぶりだ。

だいぶ涼しくなってきたとはいえ、玄関のドアを開けると、甘ったるい異臭がした。新宿署にずっと泊まり続けていたため、なかなか生ゴミを捨てる機会がなかった。まずは換気扇を回して淀んだ空気を入れ換える。

キッチンには、四十五リットルサイズのダストボックスがふたつあった。どちらも潰れたペットボトルや空き缶が目一杯詰まっている。

家に戻れる日は不定期だった。ゴミの収集日に都合よく戻れるとは限らない。そろそろ民間のゴミ収集業者を手配し、安くないカネを払ってでも引き取ってもらうころかもしれない。

流しに置きっぱなしだったビニール袋入りの生ゴミに消臭スプレーを大量にかけた。さらにレジ袋に包むと、空っぽの冷凍庫にしまい、カチカチに凍らせて悪臭の元を封じた。車田の室内のような清潔な住処にしたかったが、刑事でいるかぎりは難しいだろうと諦めている。

空き家状態だった部屋を簡単に掃除し、仕事用のスーツケースを開ける。警察署の道場などでずっと寝泊まりできるよう、百二十リットルの長期滞在型の大きなサイズを使用している。スーツケースには衣服や生活用品、常備薬や化粧道具などがギッシリ詰まっていた。そのなかから溜まった洗濯物を取り出し、洗濯機にまとめて放って稼働させた。

十月になったにもかかわらず、窓から入る日差しで、室内はポカポカと暖かい。太陽が出ているうちに帰宅したのは初めてで、秋の昼間はこんな室温なのかと知った。

今春に捜査一課へと異動となったのを機に、この部屋に引っ越したのだが、我が家という感じはまだしない。ほとんど眠りに戻るだけだった。

部屋は西新橋のマンションにあり、銀座線虎ノ門駅から徒歩六分に位置していた。周りのほとんどが高層のオフィスビルで占められ、夜は不気味なほど静かになる一角だ。

家賃は決して安くはないが、シングルベッドひとつ置くだけで、スペースの三分の一が埋まってしまうような1Kの小さな部屋だ。ただし、丸ノ内線霞ケ関駅からも歩ける範囲内にあり、真里亜の足ならば十三分以内に職場の警視庁本部に到着できるため、この土地を選んだ。

真里亜は部屋着に着替え、ベッドに身体を横たえた。疲れがどっと吹き出し、身体が布団に埋まっていくのを感じる。天井を見上げていたが、視界がふいにぼやけていく。悔しさと怒りで涙がこみ上げていた。

八重の厚情で特捜本部から外されただけで済んだ。休暇明けには、別の殺人事件の応援に向かうよう命じられている。近田たち幹部の振る舞いには恐怖さえ覚えた。

もっとも腹が立ったのは、自分自身の見通しの甘さだ。目の前の事件を追いかけるのに必死で、警視庁内の政治にはひどく疎かった。上層部が兼高ファイルをひどく警戒しているのに気づかず、宮口殺しが虎の尾を踏みかねない事案であることを見抜けなかった。無防備なスタンドプレーをし、樺島や八重に迷惑をかけてしまった。

涙や洟をティッシュペーパーで拭いた。メソメソしている場合ではない。

車田の言葉が頭に残っていた。

――困難な壁にぶち当たったら、兼高ファイルを読み返すといい。

近田らから詰問されている最中、車田の言葉の意味を理解した。

スーツケースからタブレット端末を取り出し、ネットに上がっている兼高ファイルに改めて目を通した。

兼高こと出月は東鞘会への潜入作戦に、少なくとも三名の警察幹部が関わっていたと書き記している。上野署地域課にいた出月に組特隊への辞令が下った日の夜、彼は警察共済組合の宿泊保養施設だった半蔵門のホテルに呼び出された。

地下の和食レストランの個室にいたのは前隊長の阿内。当時は上野署署長だった近田。組対部長の岩倉俊太郎、組対部の参事官である町本寿だ。

阿内がこの世を去ると、大所帯となった組特隊の長には近田が就いた。警察庁から出向したキャリア組の岩倉俊太郎は警察庁の要職を経て、今は警視庁刑事部長の椅子に座っている。

組特隊に東鞘会を叩くよう命じた美濃部は、その後も出世街道を進み、警察庁の中枢である警察庁長官官房長を経て、警視庁の頂点である警視総監へと上りつめた。

組特隊と東鞘会に関わった者の多くは、美濃部の庇護もあり、多くが要職に就いたが、一方で出世コースから外れた者もいた。出月に潜入を命じた四人のなかのひとりである町本だ。

町本寿は、真里亜のような若手の間でも知られた有名な捜査官だった。マル暴畑をひたすら歩んだ叩き上げで、組対四課長を経て、組対部参事官として他部署との調整役を担った。

バディを組む樺島と似て、警察官ではなくヤクザと見間違えられるタイプで、関西ヤクザの首都侵攻を食い止め、凶暴な東鞘会とも戦い続けた歴戦の刑事だった。

ヤクザか警官になるかのどちらかしかないと噂されたバンカラな大学出身で、日本屈指の強豪だった柔道部の副主将を務めてもいた。真里亜が通っていた総合格闘技のジムのコーチもその柔道部出身で、町本の三年後輩にあたる柔道家だった。町本の名前は柔道部のなかで伝説と化していたという。

総合格闘技のブームがちょうどやってきたころとあって、柔道だけでは物足りなくなった町本は、プロレスの道場に単身で道場破りを行ったり、暴力団の喧嘩(けんか)師ともストリートファイトをして、興行師やヤクザのメンツを潰(つぶ)して回った。

警視庁に入庁すると、阿内や近田と同じく、ノンキャリアの星として活躍。大量の薬物の押収をするなど、暴力団の資金源に打撃を与え続け、組対四課長時代も振り込め詐欺に関与していた半グレグループのリーダー格と暴力団幹部を刑務所に送っている。首都東京の暴力団や犯罪グループに、定年退職するまで睨(にら)みを利かせるものと誰もが思っていた。

町本が不祥事を起こして、マル暴畑を去ったのは約二年前のことだ。新宿の居酒屋で酔っ払った町本は、歌舞伎町ではしゃぐホストたちとコインパーキングでつまらぬケンカをし、三人に重軽傷のケガを負わせ、歌舞伎町交番の制服警察官に取り押さえられた。

鬼より怖い大物幹部が、歌舞伎町で大立ち回りをしたとあって、メディアでも報じられた。警視正から警視へ降格の懲戒処分を受け、マル暴畑から去る羽目となり、交通聴聞官として府中運転免許試験場へと飛ばされた。

市川(いちかわ)市行徳(ぎょうとく)に自宅がある町本は、職場のある府中運転免許試験場まで二時間近くはかかる。自宅から極力離れた職場に異動させる罰俸転勤だ。

町本が血の気が多い捜査官だったのは、誰もが知るところではあった。機動隊や所轄に所属していたころは、警察官であるにもかかわらず、まだ路上で〝喧嘩修行〟を積んでいたとさえ言われている。しかし、それらはすべて若いころの話だ。

本庁の課長職を務め、警視正にまで出世するには、数々の功績を立てるだけでなく、くだらぬ不祥事やミスも犯さずに警官人生を歩まなければならない。むしろ管理職となったころには、若かった自分とそっくりの荒くれ刑事を飼い馴らす親分肌として知られたらしい。

ジムのコーチに電話をかけ、世間話を装って、それとなく町本の話題を切り出すと、コーチは暗い声で教えてくれた。

「詳しい話はわからねえけど、あの東鞘会ってヤバい暴力団とやり合って、さすがにあの人もポッキリ心が折れちまったんじゃねえかな。酒量もだいぶ増えてたらしい」

コーチの話によれば、市川の自宅には週末に帰る程度で、今は職場から近い中央線の東小金井駅付近のマンションで単身赴任をしているという。

町本の住処を把握し真里亜は日が傾くまでわずかな仮眠を取った。目を覚ますと、顔が涙で濡れていた。

琉夏姉にオンブされる夢を久々に見た。父と母がキッチンテーブルをひっくり返し、派手な夫婦喧嘩をしたとき、琉夏が幼い自分を外に連れ出し、一緒に荒川の河川敷を当てもなく歩くところから始まる夢だ。

真里亜が歩くのに疲れたと訴えると、琉夏は自身も疲れていただろうに、妹の自分を背負ってアニメの主題歌を明るく歌ってくれた。目覚めたとき、姉の匂いと温(ぬく)もりが残っているようだった。

真里亜は涙を拭(ぬぐ)い、行動を開始した。置き時計に目をやると、すでに夕方五時を過ぎ、あたりは暗くなっていた。

部屋の灯りをつけて出かける支度をした。クローゼットから出したボーダーシャツに黒のブルゾンを着て、太めのジーンズを穿(は)き、平凡な学生みたいな恰好(かっこう)に身を包む。ネイビーのキャップを目深にかぶって顔を隠してマンションを出た。

静かなエリアだったが、朝と夕方だけは通勤や帰宅するサラリーマンやＯＬでごった返す。彼らに交じって虎ノ門駅の方向へと歩き出す。

真里亜はあたりに注意を払った。車田のときの二の舞を避けたい。特捜本部から外した人間を、そのまま放っておくような組織とはもはや思えない。

人の感情を読むのが得意な真里亜だが、近田が指摘したとおり、読まれないようにする技術まで充分に身につけたとは言い難い。真里亜が諦(あきら)めずにいるのを、近田や組特隊に見抜かれていてもおかしくはなかった。

もうミスは許されない。せっかく八重が守ってくれたのに、彼の厚意を裏切り、再び首を突っこもうとしているのだ。組特隊の網に引っかかれば、赤バッジを失うだけでなく、警察社会から追い出されるだろう。

帰宅ラッシュの会社員たちにまぎれつつ、彼女は携帯端末を手に取った。インカメラを作動させて、液晶画面で自分の後方を映しつつ、〝点検〟を行いながら歩く。

〝点検〟とは尾行の有無をチェックする作業だ。真里亜は自分を監視する人間がいないかを確かめながら、大きく迂回を繰り返して虎ノ門駅まで向かった。家路を急ぐ者たちのなかに、真里亜に注目する者は見当たらない。

虎ノ門駅の地下鉄へと続く階段を下っている最中、手にしていた携帯端末が震え、心臓がひときわ大きく鳴る。表示された名前は樺島だった。

真里亜は駅のホームを目指しながら電話に出た。

〈神野さんか〉

「樺島さん。今日は本当に申し訳ありませんでした。私の勝手な――」

〈謝罪はもういいさ。それでなんだが……その……〉

樺島はよほど言いにくいのか、なかなか用件を打ち明けようとしない。

「どうかしましたか？」

〈やっぱりいい。忘れてくれ〉

「よくありませんよ。私にできることなら、なんでも仰ってください」

〈町本さんを知ってるか？　おれの元上司だ〉

真里亜は目を見張った。電話でよかったと思う。直接会っていたら、考えを見抜かれているところだ。

「お会いしたことはありませんが、武勇伝は噂でよく耳にしています。それに例の兼高ファイルにも登場してましたから」

〈じゃあ、説明は不要だな〉

「どうするつもりですか？」

〈どうもこうもねえよ。おれも休みをくれとねだらせてもらったよ。あの人に会いに行くつもりだ〉

真里亜は声のトーンを落とした。

「それは……かなり危険なことでは。車田さんのときの二の舞になるだけで。また組特隊に見とがめられたら」

真里亜は知らぬフリをして訊いた。まさか自分と同じことを考えていたとは――驚きを隠しながら。

〈まあ……警視庁から追ん出されるかもな〉

「それなのにどうして」

〈一種の怖いもの見たさだ。我妻の話をしただろう。組特隊と東鞘会を探ったおれの元同僚だ。あいつはなにを見ちまったんだろうってな。兼高ファイルだの車田の話だのはきれいさっぱり忘れて、新宿のヤクザや半グレをイジメてりゃいいんだが、ここで芋引いたら……一生後悔しちまいそうでよ〉

真里亜の脳裏に彼の妻の姿がよぎった。

可憐な印象の小柄な女性だ。夫婦仲は良好なのだろう。真里亜と違って守るべきものもあるのだ。さんざん悩んだ末の結論と思われた。

〈もしかしたらと思って声をかけた。忘れてくれ。危険すぎる火遊びだ〉

電話が切られそうになる前に、真里亜は早口で打ち明けた。

「中央線の東小金井駅ですよね」

〈あんた……〉

「私も向かおうとしていたところでした。樺島さんが一緒だと心強いです」

本音だった。みすみす危険を冒して、町本と接触できたとしても、どこの馬の骨ともわからぬ若手刑事が徒手空拳で訪れたところで、相手にされるとは思っていない。

町本の名前は兼高ファイルにも登場する。組特隊とともに極秘任務に従事してきたとされる男だ。島流しに遭っている今の状況から、再びマル暴畑に戻って本領を発揮したいと願っていてもおかしくはない。真里亜らが未だに懲りずに動いているのを、近田あたりに知らせるかもしれなかった。かつて上司と部下の関係にあり、町本と面識のある樺島がいてくれれば、話に応じてくれる可能性は上がるだろう。

〈土産物を買って先に待ってる。あの人は甘いもんが苦手だ。それとケータイは切っておけ。居場所を探られている可能性がある〉

東小金井駅前のカフェで落ち合うと約束し、真里亜は礼を述べて通話を終えた。

地下鉄のホームは人でごった返していた。ちょうど電車が駅に到着する。真里亜は一い。一旦乗りこんだが、ドアが閉まる寸前で電車を降りる。〝点検〟を忘れるわけにはいかない。

一本やり過ごしてから再び電車に乗りこんだ。自分が犯罪者になったような気分に陥り、ひどく息苦しさを覚えた。この街の空気の酸素が急に薄くなったような気さえする。

刑事畑を歩んだ真里亜はつねに誰かを追う側だった。罪を犯した者を調べ、そして捕えるという使命のもと、警察組織の一員であることを誇りにし、胸を張って生きてきた。今は正反対に、警察という巨大組織に逆らい、捜査員に監視されていると思うと、衣服を剝ぎ取られて素っ裸にされたかのようだ。

地下鉄を乗り換え、ＪＲ四ツ谷駅から中央線に乗った。目的地に着くまで、八重の苦渋に満ちた表情が浮かび続けた。今ならまだ引き返せると、真里亜自身の声が頭のなかで何度も響いた。

泣きながら告白してくれた飛鳥の顔が脳裏をよぎった。兼高のものとされる腐乱死体について真剣に語ってくれた車田、そして首や心臓を刺されて血の池に沈んだ宮口。彼らがいるかぎり、電車から降りるわけにはいかなかった。

東小金井駅南口に到着したころには、完全に日は落ちていた。いかにも住宅地の駅といった風情で空が広い。真里亜が暮らす虎ノ門とは正反対で、郊外ののどかな印象がした。

小さなロータリーの周囲には、安さを謳う居酒屋チェーンの店舗やカラオケ店のネオンが輝いていた。商店街へと続く細い道が延びている。ヤクザだの半グレだのといった犯罪組織とは無縁そうにみえる。

駅の南口にあるチェーン系カフェに入った。すぐ近くに大学のキャンパスがあるだけに、ノートやラップトップと睨(にら)み合う若者でごった返していた。あとは七十過ぎの老人や仕事帰りのOL風が数人いて、それぞれ文庫本やスマホに目を落としている。とても警察官には見えない。

そのなかにデニム姿の樺島がいた。モッズコートにハンチング帽というカジュアルな恰好で、いかつい雰囲気をだいぶ消し、街の雰囲気に溶けこんでいる。スーツ姿でアジア最大級の歓楽街をともに歩き回ったのが遠い昔のように思える。

樺島は窓辺のテーブル席でペンを握り、手帳になにかを書き記していた。テーブルにはコーヒーの紙コップと夜間双眼鏡がある。真里亜は彼に目で合図し、コーヒーを注文して対面に腰かけた。

彼の傍の荷物入れには、手土産が入った紙袋があった。有名な料亭が販売している佃(つくだ)煮(に)セットだ。

真里亜は紙袋に目をやった。

「酒でしくじった人に、ツマミのセットで大丈夫ですかね」

「そうでもねえさ」

樺島の目は外に向いていた。その先には、焼き鳥屋や牛丼店、カラオケ店などがごちゃごちゃ入った二階建ての商業施設がある。

「仕事が終わると、毎夜このあたりで飲んだくれてるそうだ。一時間前に焼き鳥屋に入っていくのを見た」

「本当ですか……」

警察官は過酷な仕事だ。柔道やスポーツで常人離れした体力を身につけた人間でさえ、慢性的な疲労や老化により、肉体的にも精神的にも参っていくことがある。ノンキャリアの星と目された町本も例外ではなかったのかもしれない。東鞘会という危険な犯罪集団を相手にしていたのだ。組対部参事官として、神経をすり減らす日々を送り、心がへし折れたとしてもおかしくはない。

三十分ほどカフェで張り込んだ。樺島は時折、夜間双眼鏡で商業施設やロータリーを調べた。

町本は組特隊と東鞘会の関係を知るひとりだ。車田のときと同じく、彼も組特隊の監視下に置かれているかもしれない。

「さて、行くとするか」

樺島が手帳とペンを胸ポケットにしまった。紙袋を手にして立ち上がる。

「出てきたんですか？」

商業施設の外階段を下りる男性の姿が見えた。夜間双眼鏡を覗(のぞ)いた。

「えっ」

思わず口を押さえた。

町本の姿は写真でしか知らない。写真で見る町本は、総合格闘技のコーチが語る伝説も嘘ではないと思えるほどの迫力があった。

身長こそ高くないものの、装甲車を思わせる身体つきだった。首が異様に太く、肩の筋肉は岩のように盛り上がっていた。太い眉と大きな丸い目が特徴的で、大きな獅子っ鼻と相まって、沖縄の守り神であるシーサーを思わせた。頭髪も五分刈りにしていたため、写真だけでも異様な覇気が伝わってきたものだ。

双眼鏡を通じて見えた男性は、確かに写真の面影があった。だが、大病でも患ったかのように、身体が二回りほど萎んで見えた。特徴的な猪首は細くなり、首の皮膚が老人のようにたるんでいる。大きな目は落ちくぼみ、コシのなさそうな白髪は伸びっぱなしだ。

「出涸らしみたいだろ」

樺島とともにカフェを出た。町本の後を追う。彼は商店街へ続く道に向かった。一方通行の細い道だ。

町本に追いつくのは簡単だった。真里亜らの歩行が速かったのもあるが、町本の歩みがひどく鈍かったためだ。

「町本さん」

樺島が声をかけると、町本が緩慢な動きで振り返った。

町本の顔色は青白かった。至近距離まで近づくと、より体調の悪さがうかがえた。目の下のたるみがひどく、肌や唇も荒れ放題だ。

「誰だ、お前」

町本は淀んだ目で真里亜らを見つめた。

彼は焼き鳥屋に九十分ほど滞在していた。早くも出来上がっているように映る。アルコールの臭いが鼻に届く。

樺島はハンチング帽を取って会釈をした。

「樺島です。ご無沙汰しております」

「おお。久しぶりだな」

町本は軽く手を挙げて応じた。しかし、酔眼朦朧といった調子で、元部下ときちんと認識しているのかどうかは怪しいところだ。

樺島が真里亜を紹介してくれた。

「こちらは捜査一課の神野部長刑事です」

「捜査一課？　このへんで殺しでもあったのか？」

町本が怪訝な顔になった。頭がゆらゆらと揺れている。

「いえ、そうじゃありません。じつは……」

「まあいい。なんだかよくわからんが、まだ飲み足りなかった。つきあえよ」

町本に近寄られて肩に手を置かれた。

アルコールだけでなく、頭髪がひどく臭った。風呂自体にあまり入っていないのか、きつい加齢臭がする。思わず顔を背けそうになる。

町本に肩を揉まれた。

「どこのおねえさんだか知らんが、なかなかのベッピンだな。だけど、ちょっとガタイがよすぎねえか？」

「町本さん」

樺島が悲痛な表情で割って入った。真里亜は笑顔を向け、大丈夫だと無言で伝える。

「ご一緒します」

「ついて来い。いい店がある」

町本は老人のような足取りで、再び商店街を歩き出した。

彼の小さくなった背中を見て、樺島はあからさまに落胆の表情を見せる。情報を得るどころの様子ではない。かつて仕えてきた上司の変わりように当惑しているようだ。

真里亜も同じだ。〝点検〟などして虎穴に飛び込んだと思えば、その先に待ち構えていたのは虎児どころか、ガラクタの山しかなかったような気持ちだ。

町本が不祥事を起こしたのは約二年前だ。マル暴の出世頭が、なぜこんな酔いどれと化したのか――その理由くらいは知りたい。

一方通行の道を折れて、さらに細い路地へと入った。年季の入った赤提灯がぶら下がっている個人経営の酒場だった。くたびれた暖簾を潜って、町本が引き戸を開けた。

古そうなカウンターとテーブル席、小上がりの座敷席もある居酒屋だ。照明は薄暗く、書き入れ時にもかかわらず、客の数は少なかった。常連らしき年配の客が三人のみで、煮込みなどを相手に、テレビに目をやりながらチューハイを飲んでいる。

色褪せたポスターが壁に貼られ、カウンターの隅には山積みになった新聞やチラシが置かれたままだ。ひどく雑然とした感じがする。カウンター内には、七十を過ぎていそうな老夫婦がいて、いらっしゃいと小さな声で挨拶した。

町本は慣れた様子で奥に行き、隅の小上がり席を陣取った。注文を訊きに来た老婆に、彼は「いつもの」と声をかけた。真里亜は瓶ビールを、下戸の樺島はコーラを頼んだ。

町本が不思議そうに樺島を見た。

「お前、酒飲まねえの？」

「やだな。忘れちまったんですか。一滴も飲めないのを」

「なんだ飲めねえのか。つまらねえやつだ。で、いつから捜査一課なんかに引っ張られた」

町本が眠そうに目を擦りながら訊いた。樺島は肩を落として首を横に振る。

「おれは新宿の組対課ですよ。捜査一課はこちらの神野さんのほうです」

「このおねえさんが？　樺島、てっきりお前の女かと思った」

町本は小指を立てて、品のない笑みを浮かべた。

老婆が飲み物と突き出しを運んできた。樺島がコーラを手にしながら目で合図をしてきた。早々に切り上げたほうがよくないかと。

真里亜も同意しそうになった。相手はすっかり出来上がった酔いどれだ。鬼のマル暴捜査官であり、酒豪の格闘家でもあったと聞いていたが、それはとっくの昔のことのようだ。

真剣な話し合いは期待できそうにないが、アルコールで警戒心が解け、思わぬ本音が聞き出せる可能性もある。もう少し粘るべきだと己に言い聞かせた。

町本はウーロンハイを手にし、ひとまず乾杯をすると、グイグイと飲み出した。この世の憂さから逃れたいと言いたげな、危うい飲み方だった。

この店の客の数が少ない理由がわかった気がした。突き出しを食べてみると、業務用の切り干し大根だとわかった。テーブルの横にはボロボロの紙のメニューが置かれてあり、酒も料理もひどく安かった。

値段相応のものしか出てこないのだろう。店の壁に黒板を掲げ、刺身や牡蠣を薦めてはいたが、とても生ものを頼む気にならない。梅きゅうや漬物盛り合わせを注文する。

樺島がコーラを口にしてから切り出した。

「しばらく見ぬ間に……だいぶお痩せになりましたね」

町本はグラスを掲げた。

「こいつばかりやってるからだろう。不思議なもんだ。酒ばかり飲んでるのに、クソはちゃんと出るんだからな」

「お身体、大丈夫なんですか？」

樺島が心配顔で尋ねる。町本は顔をしかめて手を振る。

「んなこと、どうでもいいじゃねえか。新宿(ジュク)のマル暴刑事と捜査一課(ソウイチ)の刑事(デカ)が、なんだってこんなのどかな郊外をウロウロしてる」

真里亜はビールをあおってから切り出した。

「ご存じかと思いますが、宮口暁彦が殺されました」

「宮口って、あの宮口かよ。本当か？」

町本は再びウーロンハイを口にした。わずかに顔を強(こわ)ばらせるだけで、さして驚く様子は見せなかった。目も濁ったままで、話を理解しているのかも怪しい。

「まあ、そう驚くことじゃねえか。畳のうえでくたばるような男じゃなかった」

「事件のことを……ご存じなかったのですか？」

「知らねえよ。この静かな土地で、交通事故を起こした野郎のしょうもねえ言い訳をひたすら聞く毎日だ。テレビなんざ見ねえし、たまにネットで麻雀ゲームをするくらいだ」

樺島は疑わしげに元上司を見つめた。

「しかし……誰かは連絡してきたでしょう。それこそ町本さんは記者(ブンヤ)ともつき合いがあったし、暴力団(マルB)に多くの情報提供者(エス)も抱えていたじゃないですか」

「いつの話だ。交通畑に飛ばされてから、今までいろんな情報(ネタ)欲しさに群がってきた連中は、掌(てのひら)返したように年賀状一枚送ってきやしねえ。女房やガキどもも、おれが単身赴任になったのをいいことに、のびのびと暮らしてやがる。週末に市川の家へ帰るたびに、女房好みのインテリアに変わってやがるし、おれの部屋まで勝手にいじくる始末でよ」

町本が本当に事件を知らないのかどうかは不明だが、宮口殺しに興味を示そうとはしなかった。

二杯目のウーロンハイを早々に受け取ると、交通聴聞官という仕事の退屈さや、今の環境に対するグチをこぼし続けた。職場の免許センターの食堂がまずく、単身赴任用に借りたアパートの隣人が外国人で、しょっちゅう酒盛りをやるため、騒音で悩まされていると。饒舌になってくれるのはありがたいが、マル暴時代のことなど、すっかり忘れてしまったかのようだ。過去を語ろうとしない。

真里亜と樺島は取り調べのように臨む必要があった。じっくりと相手の話に耳を傾け、相槌を打って理解を示しながら、核心に迫っていく。

ただし、取り調べとは違って、相手は被疑者ではない。町本は酒を飲み続けていられるし、話を打ち切って家に帰って布団に潜り込める。酔っ払いの中高年は総じて、昔話や手柄話を語りたがる。今の職務や境遇に不満タラタラならばなおさらだ。

町本はただの飲んだくれではない。組特隊と東鞘会の関係を把握できる地位にいた。兼高ファイルの真偽をも知るであろうキーマンだ。

真里亜は集中するよう己を鼓舞しつつ、それとなく町本に組対部時代について尋ねた。

「町本警視はやはりこののどかな土地より、暴力団がいるネオン街に戻りたいと思っているのではないですか？　警視の武勇伝はたくさん耳にしております」

「まあ……確かにいろいろやったわな」

町本の口は反対に重くなるだけだった。それっきり語ろうとはせず、三杯目のウーロンハイを老婆から受け取る。

樺島がシビレを切らしたように告げた。

「その宮口殺しを調べてるうちに、現場から妙な証拠が出て、特捜本部（チョウバ）は密（ひそ）かに大変な騒ぎになりまして」

「よせよせ。おれに話すな。聞きたくねえ。戻りたいとも思わねえ」

「なぜです。我妻のようになるからですか？」

町本の濁った目が一瞬だけ光った気がした。

「我妻……」

町本はつまらなそうに漬物を口に放った。三杯目のウーロンハイを空にすると、すかさず四杯目を老婆に頼む。

「おれは終わった人間だ。なにも知らないし、語るつもりもねえよ。こうして島流しにも遭った。もう充分だ。これ以上、厄介事に巻き込まれたくはねえ」

町本は再び濁った目でテレビを見やった。ニュース番組がプロ野球の話題を伝えていた。

「野球の話でもしてようぜ。クライマックスシリーズはどこが勝つのかとか、ドラフト候補の注目選手とかよ」

「興味深いです」

真里亜は町本に微笑みかけた。

「そりゃよかった。ねえちゃん、どこのファンだ」

町本をじっと見据えたまま、小さく首を横に振った。

「野球のことは知りません。興味深いのは、勇猛果敢で知られたマル暴の出世頭を、こうまで怯えさせて口ごもらせる警察組織のことです」

「なんだよ、しつけえな。だったら、せっかくの酒盛りもここまでだ」

町本は老婆に会計をするように手を挙げて合図した。漬物を手づかみで食べ、四杯目のウーロンハイを一気に半分以上も飲む。

真里亜は町本の手首を摑んだ。彼の手首は冷たかった。

「十五年前、姉が何者かに殺されました。荒川の河川敷を散歩していたところ、何者かに鉄パイプ状の鈍器で頭を何度も殴打され、頭蓋骨が陥没。耳から血と髄液が漏れ出ていたそうです。もはや虫の息だったにもかかわらず、姉は河川敷の藪のなかに放り投げられると、スカートとショーツを脱がされ、クンニリングスをされてもいました。犯人と思しき唾液が検出されて、ＤＮＡ型鑑定も行われましたが、現在まで犯人逮捕には到っていません」

町本の目は濁ったままだった。しかし、真里亜の顔をじっと直視した。真里亜は続けた。言葉が勝手に熱を帯びていく。

「もう事件から十五年も経ちました。犯人は死亡したかもしれません。ただ、それでもまだ犯人が今日もどこかでメシを食べ、枕を高くして平然と眠って、シャバをのうのうと謳歌しているかと思うと、たまらなく我慢がならないのです。同じ空気を吸っていると考えるだけで吐き気を催してしまう」

引っ込み思案で学校嫌いだった真里亜にとって、幼いころから面倒見がよく、活発的な琉夏は憧れだった。殺伐とした家庭でも明るく振る舞っていて、当時の真里亜には姉こそが唯一の光だった。

琉夏は学校でも人気者だった。彼女の葬儀には多くの生徒が参列し、クラスメイトたちは涙を流し、またある者は号泣して立ち上がれずにいた。近所の人間も加わって、打ちひしがれる真里亜ら遺族にお悔やみの言葉を述べた。

当初こそ犯人はたやすく捕えられるものと思われた。琉夏の衣服や身体から、犯人のものと思しき唾液や毛髪が発見され、犯行現場から約百メートル離れた堀切橋の下で、琉夏の血がついた金属バットが発見された。

犯行に使われたバットは、彼女が通う高校の硬式野球部のものと判明。学校関係者が犯人ではないかと、疑惑の目を向けられた。

メディアの報道でそれを知った真里亜は、姉の高校の最寄り駅に立ち、生徒たちの顔や仕草を観察するようになった。姉の制服や体育着を着て、高校にも何度か侵入した。が、一ヶ月経っても容疑者が逮捕されたという知らせは届かなかった。

事件から半年が経過し、犯人は学校関係者ではないようだとの報道を耳にすると、近所の人間たちをはじめ町ですれ違う者すべてを疑うようになり、顔や仕草を観察するようになった。犯人がそのなかにまぎれ込んでいると信じて。

両親も対象だった。父は大手の事務機器製造メーカーに勤務する真面目が取り柄の営業マンだったが、業績悪化に伴うリストラのため、会社から退職を促すための追い出し部屋へと送られていた。

営業畑一筋だった父は、突然埼玉県の物流倉庫へと飛ばされ、非正規労働者の若者に交じり、量販店へ送る製品の梱包(こんぽう)や、敷地の草刈りや産業廃棄物の処理をさせられたという。露骨な会社の人事に腹を立てはしたものの、多額の家のローンを抱え、他の会社に移るだけの度胸は持ち合わせていなかった。

屈辱に耐えながら追い出し部屋と言われる物流倉庫で働き続けたが、相当ストレスを溜(た)めこんでいたようで、パートで働く母との諍(いさか)いは絶えず、喧嘩(けんか)を止めに入った琉夏が巻き添えを食って殴られることもあった。

琉夏の死が家族の絆(きずな)を断ち切った。父は追い出し部屋での労働にピリオドを打ち、退職金を受け取ると、飲む打つ買うの味を覚えだした。退職金だけでなく、琉夏の葬式で受け取った香典さえも競艇や女に注ぎ込み、母はパート先の弁当屋からまっすぐ家に帰宅せず、あれこれ理由をつけて道草を食うようになった。弁当屋の店長とデキたからだ。どちらもボディソープの匂いをかすかに漂わせながら帰宅した。

両親にもっとうまく隠すように指摘すると、逆上されて頭髪を掴まれ、ときには殴る蹴るの暴力を受けた。なにより気味悪がられた。にもかかわらず、今日まで観察眼を養ってきた。

町本が真里亜の手を振り払った。

「お前が警察官になった理由はよくわかった。つらい過去を思い出させてすまねえが、警視庁が神様仏様のように必ず罰を与えられるほど万能な組織じゃねえってこともわかっただろう。こいつも勉強だ」

「なにが勉強だ、この野郎！」

真里亜はテーブルを掌で叩いた。老夫婦と客たちが目を剝き、樺島に肩を掴まれる。

「じ、神野さん、落ち着け」

真里亜は落ち着いていた。

姉にまつわる話はすべて事実だ。当時高校生だった姉を殺した犯人をゆくゆくは探り当てるために、真里亜は猟犬になる道を早々に選んだ。

そんな身の上話を披露すれば、町本が同情して口をすんなり開いてくれるだろうとは思っていない。酔っ払いのグチを辛抱強く聞きながら、居酒屋全体に目を配っていた。

店に入ったときから、カウンター内にいる老夫婦の表情が硬いのに気づいた。汚いナリの酔いどれに来られて迷惑がっていると思っていたが、そうでもなさそうだと悟ったのは、町本が三杯目のウーロンハイを注文したときだ。

他の客のときと異なり、町本の酒を作るときのみ、老婆は他人の目を避けるように背を向けた。真里亜はそれを見逃さなかった。声を荒らげてみると、店の誰もが固まったが、とりわけ老婆は我が事のように顔を凍てつかせた。

真里亜は町本からウーロンハイのグラスを奪い取った。それを口に含む。アルコールの味がまったくしない。彼が飲んでいたのはただのウーロン茶だ。町本に微笑みかける。

「酔ったフリをしてらっしゃったんですね」

町本の目つきがまた一瞬だけ変わった。腕利きの捜査官時代を思わせる鋭い目つきだ。

「なんだと」

樺島もグラスに口をつけた。中身がウーロン茶と知って顔色を変えた。

「これは――」

町本は鼻で笑った。再び酔っ払いの淀んだ目に変わる。

「バレたら仕方ねえ。ウワバミみたいに飲めたのは昔のことだ。前の店でかなりガブガブ飲っちまったんでな。もっぱら二日酔い防止のために水分補給をさせてもらった」

真里亜は瓶ビールをグラスに荒っぽく注いだ。泡だらけのビールを一気に喉に流しこむ。

「嘘は止めましょう。我々も遊びに来たわけじゃありません。そんな戯言は、さっきの焼き鳥屋でレシートを見せてもらえばわかること。あなたは酒に溺れたゴンゾウを熱心に演じ、私たちを煙に巻こうとした」

ゴンゾウとは働く意欲に欠ける使えない警察官を指す。

町本に路上で声をかけたとき、彼はアルコールの臭いを漂わせてはいた。おそらく消毒用のアルコールを衣服につけていたものと思われた。すっかり揮発したらしく、今は大して臭ってこない。

町本の顔つきが一転して険しくなった。

「……なるほどな。超能力者だの妖怪だのと言われるだけはあるってわけか」

「知っていたんですか？」

樺島は唖然とした様子だ。

真里亜はとくに驚きはしない。だらしのない呑兵衛に化けているとわかった時点で、彼が暗闘に身を投じている可能性は高いと踏んでいた。

「河岸を変えよう。店に迷惑がかかる」

町本は立ち上がった。よろめく様子はなく、呂律もはっきりとしていた。なにより顔が別人のように引き締まっている。

「やかましくしてすまなかった」

町本はカウンターに一万円札を置いた。

老婆は町本を引き留めようとしたが、彼は彼女をなだめて釣りを決して受け取ろうとしなかった。老婆は何度も町本に謝った。ウーロンハイを見破られた責任を感じているらしく、町本とこの店との強い繋がりを見たような気がした。

「この場は私たちが」

真里亜たちが財布を取り出した。町本は掌を向けて拒んだ。

「バカ野郎、警視様の給料をナメるな。それにお前にはやってもらいたいことがある」

町本は真里亜を指さした。

「私にですか？」

町本は答えず歩き出した。居酒屋がある路地から西へとむかう。車幅一台分の細い道を進んだ。アパートや一軒家が密集している路地だ。町本の単身赴任用の住処もその先にある。

町本の歩みは颯爽としていた。もはや酔いどれではなく、刑事の歩き方だ。歩幅が大きく速度も速い。運動不足気味の樺島はついていくのが精一杯といった様子だ。鎧のような分厚い筋肉こそそげ落ちてはいるものの、町本は日頃の鍛錬を怠っていないとわかった。だらしない身なりやひどい加齢臭も、周りの目を欺くためと思われた。

真里亜は町本の背中を見つめた。彼のただならぬ決意が感じられる。こうまでして化けるのには、潜入捜査官並みの苦労があったはずだ。体重も二十キロ以上は落としている。

かつてはノンキャリの星として活躍しながら、酔いどれのゴンゾウでいるには、これまでの栄光や警察官としてのプライドをすべて捨て去らなければならない。職場の人間や家族から白い目で見られながらも、彼はひたすら仮面を被り続けてきたのだ。

路地を抜けて片側一車線の広い道路に出た。府中小金井線といわれる都道だ。町本は迷うことなく車道を横切り、栗山公園へと入っていく。

栗山公園はスポーツ施設が整った運動公園だ。子供向けの遊具が揃っているだけでなく、温水プールやフィットネスルームまで備わっており、週末はバーベキューを楽しむ人々で混み合うという。今は屋内施設も営業を終え、公園内は外灯が冷たく灯っているだけで、広場に誰も見当たらない。

町本は広場へと入っていった。真ん中まで進むと、彼は足を止めて、胸ポケットからタバコを取り出した。ライターで火をつけ、紫煙を吐き出す。

樺島はハンカチで顔の汗をぬぐった。

「健脚ですね。汗掻いちまった」

町本はタバコを吸った。先端が真っ赤に燃えて灰と化していく。彼は大量の煙を吐きながらタバコを指で弾いた。樺島の胸に当たる。

「うわっ。なんです」

町本が真里亜に声をかけた。

「この野郎をぶちのめせ。こいつは組特隊のスパイだ」

「は？」

樺島が激しく両手を振った。

「な、なに言ってんですか……冗談よしてください。おれは組特隊にいたこともなければ、今日だって宮口殺しから外されたんですよ」

真里亜は容易に動けなかった。樺島と同じく、町本の言葉を受け入れられずにいる。

町本が射るような視線を向けてくる。

「ぶちのめせと言ってるんだ。でなければ、お前は永遠に真相にはたどり着けない」

真里亜は樺島を見つめた。

まだ目が暗闇に慣れきっていないが、樺島が顔色を変えて狼狽しているのがわかった。彼がスパイであるかどうかなど見極められるはずもない。組んでたった数日とはいえ、信頼に足る刑事だと思っていた。

「〝覚〟などとイカした渾名つけられちゃいるが、まだまだ半人前だな」

町本は樺島にゆらりと近づくと、胸にすばやく手を伸ばした。ボクシングのジャブのように。

町本の手にはペンが握られていた。樺島が胸に入れていたものだ。彼はペンをひねって首軸と胴軸を切り離した。真里亜に胴軸の先端を見せる。

「それは――」

胴軸の先端には、USBポートとマイクロSDカードのスロットが備わっていた。ただのペンではない。探偵や盗撮マニアが用いるペン型の隠しカメラだ。クリップの上部に小さなレンズが取りつけられている。

樺島の喉が大きく動いた。

「それは確かにおれが持ってたもんです。おれは記憶力も悪けりゃ、神野さんのような神がかった観察力もねえ。だから——」

「そう謙遜(けんそん)するなよ」

町本はマイクロSDカードをへし折った。木の枝が折れたような乾いた音が鳴る。

「こいつは今でこそいかついツラをしちゃいるが、若いときは公安部(ハム)の外事一課にいた優秀な刑事(デカ)だ。眉(まゆ)をちゃんと生やして、ヒゲをきれいに剃(そ)ると、なかなかの二枚目になる。外語大出のインテリでロシア語がペラペラなもんだからな。数多くのロシア女と懇ろになって情報提供者(エス)を作った」

樺島は真里亜の腕を取った。

「帰ろう。無駄足だ。この人こそ組特隊(ソトク)に飼われてる。おれたちを疑心暗鬼に陥れてバラバラにする気だ」

「樺島さん、ケータイを見せていただけませんか。電源は切ってありますよね」

真里亜は手を差し出した。樺島は愕然(がくぜん)としたように肩を落とした。

「よせよ……あんたまで」

「早く」

「わかったよ」

樺島がコートに手を入れた。再び手を抜きだしたとき、彼の手に携帯端末はなかった。

銀色のなにかが煌めく──キーホルダーと鍵束だ。

鍵束を刃物のように握りこみ、樺島はロングフックを放っていた。

真里亜は予期していた。彼のパンチを屈んでかわす。頭に熱い痛みが走る。鍵の先端で頭皮を傷つけられたようだ。

真里亜は樺島の両脚にタックルを仕掛けた。パンチを当てようと必死だったためか、樺島の身体は伸びきっている。重量級の大男であっても、隙を見つければ足を刈り取ることはできる。

伐採された大木のように、樺島が背中から倒れ、彼の身体がバウンドする。真里亜のタックルは大男の鉄拳と同じく、一撃必殺の威力がある。格闘経験がない相手であれば、大抵は受身を取り損ねて後頭部を地面に打ちつけ、脳しんとうを起こして決着がつく。

樺島は格闘の技術を忘れていないようだった。背中をしたたかに打ちつけながらも、目はしっかりと真里亜を捉えている。馬乗りになろうとする彼女の顔を、下から鍵束で殴ろうとする。

その目は殺意に燃えていた。パンチにも加減はまるでなく、鍵束で真里亜の顔をズタズタに裂こうとする。彼女は上体を反らしてパンチをかわす。

真里亜は地面の土砂を摑むと、樺島の目に向かって投げつけた。目潰しを喰らった樺島は、必死に顔を両腕で守ろうとする。

その刹那、樺島の身体が衝撃で揺れた。短い悲鳴を上げる。肉を打つ重たい音とどもに、樺島の身体が上下に動く。彼は折れんばかりに歯を嚙みしめ、苦痛で顔を歪ませた。

真里亜は後ろを振り返った。町本の右足のつま先が樺島の股間に食いこんでいた。樺島の急所を二度もサッカーボールのように蹴飛ばしたらしい。樺島も町本も警察官とは思えぬ残酷な攻撃を繰り出していた。

「もういい。そこをどけ」

町本に命じられ、真里亜は樺島の身体から離れた。

樺島はかろうじて意識があるようだった。小さなうめき声を漏らしながら身体を丸める。真里亜に投げつけられた土砂のせいで、目もまともに開けていられないようだ。

町本は樺島の衣服を漁った。腰回りを点検してから衣服のポケットに手を突っこむ。

真里亜は息を呑んだ。彼のデニムのポケットからフォールディングナイフが出てきた。そして電源が入ったままの携帯端末も。

己の甘さをまたも痛感させられる。車田や飛鳥、それに町本。特捜本部の幹部たち。彼らの胸の内を読むことばかりに気を取られ、隣に監視者が張りついているのに気づけなかった。

町本は樺島の右肩を担ぎだした。真里亜も手伝う。彼の左腕を肩に回す。町本が見返してくる。

「もう引き返せないぞ」

「構いません」

気合の声とともに、樺島の身体を持ち上げる。

町本のアパートはこの公園の傍にある。知りたいことは山ほどあるが、まずは力仕事に専念する必要があった。

7

町本のアパートは予想以上に古かった。

黒くくすんだ外壁はところどころにヒビが入っており、二階へと続く金属製の外階段は錆(さ)びて茶色く変わっている。大きな地震が起きれば、あっさりぺしゃんこになりそうだ。

洗濯機が共用通路に置かれてあり、築四十年以上は経っていそうな昭和風の年代モノだった。

外国人の入居者がいるらしく、カレーとトムヤムクンが混ざったようなスパイスとハーブの香りが鼻に届く。

町本の住処(すみか)は一階の角部屋で、隣は空き室のようだった。ドアの郵便受けが粘着テープで塞(ふさ)がれている。彼はシリンダー錠に鍵を挿しこんだ。合板の薄い扉を開け放つと、部屋の灯りのスイッチを入れる。

真里亜と町本は樺島を室内に運び入れた。台所の床に下ろす。樺島は顔を涙と土砂でグシャグシャに濡らしていた。目と股間の激痛に耐えるのに必死で、抵抗する気力はなさそうだった。内股になった状態で床を転がる。

部屋は日に焼けた畳の六畳間と台所があるのみだった。酔いどれと化しているという噂とは異なり、町本は室内をきれいに整頓しており、酒の瓶や空き缶はひとつも見当たらない。

台所のシンクの水切りバットには、きれいに洗われた数枚の皿がある。古い商人宿の一室みたいで生活感がない。

町本が冷たい表情で、ポケットからスマホを取り出した。カメラ機能を起動させると、痛みに苦しむ樺島に向けてシャッターを切る。

「お、お邪魔します」

真里亜は狭い浴室に向かい、かけてあったタオルを手に取った。水道の水で濡らす。急いで台所に戻った。町本が手錠と粘着テープを持っているのが見える。

彼は樺島の両手に手錠をすばやくかけ、粘着テープを手で千切り、樺島の口を塞ごうとする。

樺島が首を振って抗うと、町本はフォールディングナイフを抜き、樺島の頬に突きつけた。もともとは樺島が持っていたものだ。樺島の身体が恐怖で硬直する。

「止めてください！」

真里亜は止めに入った。町本が人差し指を立てる。

「でかい声を出すな。いくら隣に人がいなくとも、壁や天井は障子紙のように薄い」

町本は真里亜に注意をしながらも手を止めなかった。手際よく粘着テープを幾重にも貼って、樺島の口を塞ぐ。同時にテープで足を拘束した。

真里亜は濡らしたタオルで樺島の顔を拭いてやった。土砂や涙をぬぐい取ってやる。タオルの生地が黒く汚れる。

「よく介抱してやる気になるな。そいつは裏切り者だ。危うく顔や頭をズタズタに裂かれるところだった」

町本は真里亜の頭を指した。

真里亜は左手で頭に触れた。掌に血がついていた。鍵束を手にした樺島のフックにより、頭皮を傷つけられたせいだ。大した傷ではないが、うまく屈んでかわしていなければ、町本の言うとおり無事では済まなかっただろう。

「腹は立ってますが、だからといってどうしろと？」

「甘い感情は捨て去ったほうがいい。反対にお前が殴り倒されていたら介抱するどころか、素っ裸にひん剝かれて動画を撮影されて脅されるのがオチだ。もっとひどい目に遭っていたかもな」

タオルで樺島の目の汚れを取ってやった。

彼は目を真っ赤にしながら、許しを乞うように瞳を潤ませた。手足を束縛されて怯えているのがわかった。泣く子も黙るコワモテの刑事の面影はない。

「私は警察官です。相手がそうしてくるからといって、自分までもが非道に手を染めるわけにはいきません」

「おれもこいつらも警察官だ。あの兼高昭吾にしても」

「えっ――」

町本の告白に息が止まりそうになった。

彼は台所の水道で顔を洗った。ハンカチで荒っぽく顔を拭い、冷蔵庫の扉を開けた。ミネラルウォーターのペットボトルがぎっしり並んでいるのが見えた。他には豆乳の紙パックや鶏のササミ、豆腐や野菜など、脂分の少ない食料ばかりが詰めこまれていた。

ロートルの窓際警察官を演じるため、体重を大きく減らしながらも、肉体の鍛錬を欠かさなかったのだろう。樺島からペン型の隠しカメラを奪い取ったときの身体のキレは、とても五十代の男のそれではなかった。むしろマル暴畑で管理職をしていたころよりも鍛えているかもしれない。大男の樺島をアパートに担ぎ込めたのも、町本の足腰が丈夫だったからだ。

町本は台所の戸棚からレジ袋を取り出し、冷凍庫の氷を詰めて樺島に放る。

「金玉はそれでアイシングしておけ。おれたちにバレた挙句、みっともなくやられたとなりゃ、ガキの手術代をもらいそこねるだろう」

樺島は手錠をガチャガチャ鳴らしながら、氷入りのレジ袋を受け取った。無念そうにうめき声をあげながら大粒の涙をこぼす。

「手術……」

真里亜が呟くと、町本が彼を顎で指した。

樺島の十歳になる息子が、先天性の心疾患を抱えていたのを思い出した。それが弱みとなっていたとは。

「おとなしくしていろ。息子をショック死させたくなければな。下手に悪あがきをすれば、今撮った写真を息子のケータイに送りつける」

町本は樺島に脅しを加えてから、グラスとペットボトルを抱えて和室へと移動した。

真里亜も後に続いて和室に入った。町本はペットボトルなどを座卓に置くと、タンスのうえにある小さなラジカセのボタンを押す。激しいパーカッションやドラムの音が鳴り出した。彼は和室と台所を隔てる引き戸を閉じた。

町本は座卓の前であぐらを搔いた。真里亜は対面に正座して向き合う。

彼はペットボトルの水をふたつのグラスに注いだ。ミネラルウォーターはしっかり冷えているようで、グラスの外側はたちまち結露した。

ひとつを真里亜の前に置く。喉がひどく渇いていた。アルコールを摂取した後に思わぬ戦いを経て、大男を担いで運ぶ羽目になった。とはいえ、バディに裏切られていた事実を知った今、容易に口をつける気になれない。

町本からじっと顔を見つめられた。真里亜の覚悟を問うかのようだった。

「もう一度だけ訊いておく。これ以上知ってしまえば、お前は元の生活に戻れない。引き返すチャンス――」

「教えてください。腹はくくっています」

真里亜は即答して、さらに続けた。

「兼高が本当に警察官だったというのなら、あの兼高ファイルはすべて事実だったのですか？」

心臓の鼓動がやにわに速くなった。町本は真里亜の目を見つめて答える。

「おれたちは四万六千人の警視庁職員のなかから、出月梧郎という適任者を選び出した。〝鬼〟の第四機動隊の出で、どんな苦境にも耐え抜く鋼の精神の持ち主だ。なにより犯罪集団をなんとしてでも潰すという使命感に燃えていた。組特隊の阿内がやつを裏でうまく操縦した」

「そんな――」

真里亜は言葉を失った。

無数の疑問が頭に浮かんだ。出月こと兼高の告白がすべて事実なのだとしたら、警視庁は東鞘会と同じく、悪逆無道な組織犯罪に手を染めていたことになる。そして、東鞘会の七代目に就いた十朱義孝も……。

「十朱も同じく警察官だ。最初に潜らせたあの男が東鞘会側に寝返り、警視庁がやつを始末させるため、今度は出月を東鞘会に送りこんだ」

真里亜の心を読んだかのように町本が答えた。

真里亜の視界が揺れた。嵐に遭遇した船のうえにいるかのように。胃液が喉元までこみ上げて危うく嘔吐しかける。

ジャーナリストの宮口が殺害された事件を追ってからというもの、あまりに不可解な出来事が続いた。上層部は指紋係が発見した証拠を握りつぶし、兼高ファイルを調査している車田に対して異様に神経を尖らせ、接触した真里亜を事件から外した。そればかりか、バディの樺島は真里亜の監視者だった。

自分が所属していた組織が、それほどまでに腐敗していたのかと思うと、身の毛がよだつほどの怒りが湧くと同時に、なにも知らず忠誠を誓っていた己が恥ずかしくなる。

真里亜はグラスを手に取った。もはや飲まずにいられなかった。水を胃袋に流しこむ。町本の言葉をまだ信じたくない自分がいた。だが、上層部の一連の行動を考慮すると、町本の言葉に理があると思わざるを得ない。

「腹をくくっていたんじゃないのか？」

町本がペットボトルを手に取り、グラスに水を注いでくれた。

醜悪な事実を聞かされて吐き気を催したが、彼の表情や仕草を注意深く確かめた。町本は落ち着き払っている。こうした日が来るのを想定していたかのようだ。

真里亜は二杯目の水を空けて訊いた。

「……十朱義孝は東鞘会の海外進出を本格化させた冷血漢だと聞いています。多くの人間の生き血を啜って組織の拡大を成功させたと。そんな男が潜入捜査官だったというのですか。兼高昭吾にしてもそうです」

十朱は東鞘会の中核組織である神津組に客分として拾われ、めきめきと頭角を現した。東南アジアの臓器ビジネスで成功を収め、人身売買や薬物取引にも手を染め、地元マフィアと激しい抗争を繰り広げた。

東南アジアだけではない。東鞘会を割って出た和鞘連合と血で血を洗う抗争を行い、多数の死傷者を出しながら、敵対組織の幹部らを葬り去って戦功を立て、ついには東鞘会のトップに立った。犯罪史上もっとも残酷な悪逆の徒だ。

兼高も同じだ。血塗られた経歴は十朱にも勝るとも劣らない。神津組でもっぱら汚れ仕事を引き受け、多くの人間を殺害してきた。

彼らが潜入捜査官だったというのなら、送り出した警視庁こそ元凶ではないか。

真里亜が問いかけると、町本は暗い目をしたままうなずいた。

「約十年前のことだ。東鞘会は警察組織にとって最大の脅威とさえいえる反社会的勢力に変貌(へんぼう)を遂げようとしていた。五代目の氏家必勝が唱えた組織の改革路線だ。国家権力にうまく取り入り、争いをせずに首都東京の甘い汁を享受する。そんな時代は終わっちまったと、警察に喧嘩(けんか)を売ってきた。ヤクザなんてのは大前田英五郎の時代から、お上に逆らわずに裏でひっそり生きるのが習わしだというのに。このままじゃ警察官(サツカン)や司法関係者まで襲う凶暴な軍団になりかねない。そんなとき、あるマルセイ案件が警視庁に持ちこまれた」

「マルセイ……国木田義成ですか。車田拓からも聞いています」

「それなら話が早い。兼高ファイルには書かれていない話だ」

町本は車田も言及した国木田親子の名前を口にした。

与党自政党で強い影響力を持っていた国木田義成は、四年前に議員の座を長男の謙太に譲った。

若さと血筋のよさで自政党のプリンスと呼ばれ、父親から地盤を受け継いだ国木田謙太は、盤石な戦いで二度のトップ当選を果たし、その後は自政党の青年局長や外交副部会長など、いくつもの役職を兼任している。そう遠くはないうちに党の要職に就くと予想されるのはもちろん、次世代の総理との呼び声まである。

町本は指を折って数えた。

「九年前になるか。まだ国木田謙太が県議をやっていたころだ。今でこそ期待の実力派として名を売ってるが、父親と同じく悪い噂が絶えず、ボンボンらしい放蕩(ほうとう)生活に耽(ふけ)っていた。根っからのパーティ好きで半グレの取り巻きもいた」

「愚かしい真似をやらかしたんですね。東鞘会のエサになるような」

「ご名答。こいつだよ」

彼は人差し指で鼻を押さえ、ドラッグを吸う真似をした。

かつて西麻布(にしあざぶ)には『コンスタンティン』という会員制のクラブがあったという。遊び好きのタレントやモデル、実業家の秘密の隠れ家で、経営者の名義はカタギではあったが、東鞘会系神津組の息がかかっていた。

　有名モデルが同店のＶＩＰルームで死亡した。死因はコカインの過剰摂取による心不全だ。警視庁はモデルと一緒に来店していた半グレ二名を、麻薬取締法違反と保護責任者遺棄致死罪で逮捕した……。

　町本はふいに立ち上がった。押し入れの襖を開ける。中段には収納ラックが入っており、プロテインの大袋やサプリメントのボトルが並べられていた。下段には使い込まれたダンベルや腕立て伏せ用のプッシュアップバーが置かれてある。彼は中段の奥から分厚いノートパソコンを取り出した。

　いささか型の古いタイプで、電源を入れてから起動するまで時間がかかった。

　画像ファイルを開くと、液晶画面に当時の新聞記事や雑誌の切り抜きが表示された。扇情的な見出しと事件現場になった『コンスタンティン』が入ったビルの写真が映る。

　町本はビルを指した。

「モデルに高純度のコカインを勧めたのは、国木田謙太だったというわけだ。半グレが罪を背負って懲役に行った」

「東鞘会は国木田親子に多大な貸しを作ったわけですか」

「おかげで東鞘会にはおいそれと手が出せなくなった。とくに中核組織の神津組にはな。その三年後に、東鞘会はふたつに割れて、市民生活を脅かすほどの一大抗争をやらかした。壊滅させるには恰好の機会だというのに、当時組対部長だった美濃部が、なにかと捜査を妨害して回った」

真里亜は苦々しい思いで液晶画面に目をやった。美濃部は今の警視総監だ。

警察組織がマルセイ絡みで急に怖じ気づくのは知っている。交番勤務時代に、同僚が女子高生のスカートのなかをスマホで盗撮している初老の男を見つけ、現行犯逮捕して交番に連行した。すると所属長の署長から電話がかかり、すぐに釈放するよう天の声が降りてきた。

スマホには動画のデータまで残っており、男が盗撮を行っていたのは明白だった。しかし、上は聞く耳を持たず、早く釈放するよう同僚に迫り、男は不送致となって終わった。男は大手紙の政治部記者で、首相経験もある大物議員と昵懇の仲にあったという。

また、車検切れの自家用車で一方通行を逆走し、交差点で乗用車と衝突事故を起こした都議もいた。モラルに欠ける悪質な事故であったにもかかわらず、警視庁が名前の公表を控えたため、都議はお咎めを受けずに議員活動を続けた。

政治力を持った相手と向き合うと、警察組織は捜査に慎重になるどころか、一般人と明らかに態度を変えるところがある。しかし、国木田親子ほどの大物ともなると、薬物や遺棄致死事案まで闇に葬れるということなのか。

液晶画面には、死亡したモデルの笑顔が映し出されていた。町本がキーをタッチし、七代目会長の十朱の顔に切り替える。

「国木田にしても、美濃部にしても、ヤクザの風下にいつまでも立つ気はなかった。国木田謙太がバカをやらかしたのを機に、警視庁は組特隊を通じ、天才と呼び声高い是安総を潜入させた。ごく一部の人間しか知らない極秘事項で、当時組対四課長だったおれでさえ、蚊帳の外に置かれていたくらいだ。大それた潜入計画を知ったのは警察庁に出向して、再び警視庁の参事官として戻った四年前だ」

暴力団にいつまでも恐喝されてなどいられない。十朱は巧みに潜入を果たし、神津組に客分として迎え入れられた。

当時の組特隊長は木羽保明。公安二課の元エースで警視庁きってのキレ者という評判だった。その木羽と緊密に連携したうえで、是安こと十朱は卑劣な違法ビジネスでシノギを拡大させた。

十朱は組織に莫大な富をもたらしたばかりか、海外マフィアとの抗争でも敵を容赦なく追いつめ、拡張主義を唱える六代目の神津太一にも気に入られた。

組特隊は国木田謙太の秘密を握り潰すだけでなく、十朱を東鞘会の頂点の座に就かせ、組織の弱体化を図るはずだった。

しかし、ここで予想外の事態が起きる。七代目に就いた十朱が、一転して組特隊に牙を剥き、警察組織を裏切ったのだ。木羽は自殺へと追いやられ、是安の名を捨てた十朱は、東鞘会の首領として君臨。身も心も本物の極道に成り果てた。

その十朱を抹殺するため、警視庁組特隊は新たに出月を兼高として送りこんだ。

「なんてバカげたことを」

真里亜は言わずにいられなかった。

「お前の言うとおりバカげた作戦だ。是安に寝首を掻かれて全員が慌てふためき、正気を失っていた。悪を憎む出月は持ち前の腕力でヤクザどもの頭を叩き割り、十朱に激怒していた阿内は、東鞘会の幹部たちを抹殺するための絵図を描き、木羽の弔い合戦を目論んだ。おれや近田は警視庁を守るためなんだと自らに言い聞かせ、この悪巧みこそが最善策であるかのように信じた。消えた我妻のことも気になっていたからな」

「我妻警部補はどうなったのですか？」

「死んだよ。十朱の首を獲ろうとして返り討ちに遭った」

町本の声に抑揚はないが、彼の顔に翳が差した。

「是安も出月も、ともに警視庁を裏切った。こうなるのは必然だったのかもしれん。おれたちの底なしの邪悪さに愛想を尽かしたのだろう。一昨年の夏に、東鞘会は南蒲田で派手な銃撃戦をやらかした。おれも耐えきれずに脱落した。ヤクザ以下の腐れ外道だと遅まきながら気づいたんだ」

南蒲田の銃撃戦。七代目東鞘会の血塗られた歴史のなかでも、とりわけ酸鼻極まる事件だ。

警視庁による発表では、神津組若頭の三國俊也によるクーデターとされている。三國は海外に逃亡していた和鞘連合の氏家勝一と手を組み、親分である土岐を始めとして、兼高を含めた神津組幹部を殺害しようとした。土岐たちを南蒲田のマンションへと言葉巧みに誘い出し、潜ませていた勝一にサブマシンガンで襲わせたのだ。

クーデターは失敗に終わった。三國と勝一は死亡し、彼らが引き連れていた傭兵たちも全滅した。

一方で土岐ら多くの組員もサブマシンガンで射殺されるなどして死んだ。生き残った者はその場から逃走したため、負傷者の数は未だに不明だが、現場には十三名もの死体が残されていた。

大量の銃弾が飛び交い、隣のマンションに住んでいた女性が流れ弾で足を負傷した。戦場さながらの事態に、メディアも大きく事件を取り上げ、東鞘会の常軌を逸した暴力性をおどろおどろしく伝えた。

兼高ファイルによれば、復讐に燃える勝一の背後には組特隊の存在があったという。土岐率いる神津組はこの銃撃戦の前に、組特隊の阿内とその家族を拉致していた。阿内は別れた妻子の前で激しい拷問を加えられたが、巧みに偽情報を撒いて三國を裏切り者に仕立てあげ、神津組を罠に嵌めたという。

「阿内隊長が神津組に捕らわれたというのも」

「土岐を殺して兼高を後釜に据えるためにやった。別れたとはいえ、自分の女房や娘もエサに使う。とりわけイカれた男だった」

目まいに襲われた。ドラムのソロがけたたましく聞こえる。

町本が腐れ外道と呼ぶ理由がわかった。妻子をわざと狙わせるなどクズのやり方だ。

それを黙認していた町本たち幹部も同じくイカれているとしか思えない。

結果的に警視庁は東鞘会を壊滅状態に追いやった。ただし、おびただしい数の犠牲者を出し、悪魔じみた違法行為と隠蔽工作によって、それは成し遂げられたのだ。

十朱の手ひどい裏切りに遭ったものの、出月というキラーを送り込み、阿内のグロテスクな作戦は功を奏した。梟雄の十朱は討ち取られ、阿内は英雄として称えられた。だが、出月には違う形で裏切られ、こうして火種は燻り続けている。

町本がノートパソコンの液晶画面を切り替えた。実話誌の記事らしく、見開きで〝南蒲田の銃撃戦！　三神組解散の衝撃〟と大きく記されている。

「現場を見た。こんなイカれた真似までして守るもんなんてありゃしねえと、おれは遅まきながら降りることにした。他の幹部も自分らの行いが異常だという自覚はあったらしい。おれがペラ回すんじゃないかと疑心暗鬼になって一年間ほど監視し続けた。あいにく暴露をしたのは功労者の出月のほうだったがな」

町本はノートパソコンを畳んだ。

彼の手も阿内や兼高と同じく血に染まっている。彼の言葉を使うなら、底なしの邪悪さに塗れた腐れ外道のひとりだ。しかし、己の犯した罪に耐えかねて酒に逃避したと見せかけながら、監視者の目を欺いては肉体を鍛え、こうして真里亜に警視庁の闇を明かしている。

思い切って訊いた。

「町本警視は、なにをなされるつもりですか？」

「決まってるだろう――」

町本はスマホを手に取った。どこかに電話をかけて耳にあてる。

しかし、そのときだった。台所の樺島がうなり声をあげた。真里亜と町本は台所に目をやった。ひどく切羽つまった様子だ。

町本がスマホを置いて、フォールディングナイフを手にした。立ち上がって引き戸を開け放つ。

口を塞がれた樺島が汗まみれになりながら、真里亜たちに目で訴えてきた。手錠を嵌められた両手で玄関のドアを指す。

真里亜は息を呑んだ。木製のドアがカリカリと音を立てていた。ドアと壁の隙間から細い針金が入りこんでいた。先が釣り針のように曲がっており、ドアのサムターン錠を回そうとしている。ドアの向こう側には複数の人間の気配がした。

町本が樺島の口の粘着テープを剝がして尋ねた。緊張しているのか、声が張りつめている。

「お前が引き連れてきたのか」

「お、おれは知りません。本当です」

樺島が両手を上げて懇願した。

町本は和室の押し入れに戻ると、畳まれた布団に手を伸ばした。布団の隙間から黒色のセカンドバッグを取り出し、真里亜に押しつけた。

「お前は裏から逃げろ。ただし、通報は決してするな」

「ですが――」

玄関ドアが音を立てた。サムターンが回る音だ。町本が早口で叫んだ。

「農工大のキャンパスに潜んでろ。南側の駐輪場だ」

玄関ドアが開け放たれた。同時に町本がフォールディングナイフを手に玄関へと突っこむ。

町本が後ろに吹き飛んだ。まるで見えない壁にでも衝突したかのように。引き戸に背中をぶつける。

玄関口から長い脚が見えた。ガッシリとした軍用ブーツが視界に入る。町本が外にいる人間の横蹴り（よこげ）を喰（く）らったのだとわかった。町本が苦しげに背中を丸める。凄（すさ）まじい威力のようだ。

樺島が手錠をかけられたまま、外にいる人間に摑（つか）みかかろうとした。しかし、彼は両腕を上げて降伏の姿勢を取る。

「それでええ。抵抗は時間の無駄や」

腹の突き出た肥満体形の男がのっそりと入ってきた。顔はスキー用のフェイスマスクで隠し、くたびれた作業服のうえに使い捨ての雨合羽（あまガッパ）を着ていた。革手袋で覆われた手には奇妙な形の自動拳銃（けんじゅう）があり、樺島の頭に銃口を突きつけている。拳銃の先に減音器（サプレッサー）

をつけていると理解するのに時間がかかった。

肥満体形の男に続いて、もうひとりが姿を現した。こちらも同じ恰好だが、最初の男と違って脚が長い。かなり身体を鍛え抜いているのがわかる。強烈な横蹴りを見舞ったのはこの男のようで、右手には平凡な包丁が握られていた。刃が禍々しい光を放っている。

脳が警鐘を鳴らした。男たちからは死の臭いが濃厚に漂ってくる。

町本が真里亜に向かって手を振った。あばら骨を折られたのか、左手で胸を押さえている。町本らを置き去りにするわけに――。

「行け！」

町本が吠えた。

真里亜は意を決して奥へと駆けた。

掃き出し窓からゴミが山積する庭に降り立つ。夜露で足が濡れた。

「逃がさへんぞ」

くぐもった男の声がした。三人目の覆面男がアパートの裏に回りこんで近づいてくる。どんな武器を持っているのかもわからない。真里亜はゴミ袋を手に取る。かなりの重量があり、空き缶や酒瓶がガチャリと音を立てる。覆面男の頭へと振り回した。

遠心力が加わったゴミ袋が、覆面男の頭を殴りつけた。酒瓶があたったらしく固い音が鳴り響く。ゴミ袋が破け、覆面男に液体が降り注いだ。ゴミ袋の底に溜まった様々な酒が混ざり合った液体で、アルコールと甘ったるい腐敗臭がした。覆面男がたまらず後じさった。

暗闇に目が慣れて、覆面男が自動拳銃を握っているとわかった。先端に減音器をつけている。相手の武器がわからぬうちにゴミ袋を振ったのが功を奏したとしか思えない。相手が拳銃を所持していると知っていたら、恐怖で身体が動かなかっただろう。

覆面の男へと飛びかかり、全体重を預けながら右肘を振り抜いた。覆面男の頬を捉えたらしく、電気を流されたような衝撃が右肘に走る。覆面男は脳しんとうを起こしたのか、膝からぐにゃりと崩れ落ちる。

真里亜は部屋を振り返った。室内は不気味なほど静まりかえっている。ほんの一瞬、判断に迷う。覆面男から拳銃を奪って、町本らを助けるべきではないか。

セカンドバッグに目を落とした。中身はわからない。ただし、町本が密かに持っていたものだ。真里亜を信じて預けた貴重品と見るべきだった。

「すみません」

真里亜は部屋に向かって頭を下げ、苔に覆われた塀を掴んで乗り越えた。

8

真里亜は木々の闇にまぎれ、息を殺して身を潜め続けた。

腕時計に目を落とした。逃げ込んでから一時間が経とうとしている。

東京農工大学の小金井キャンパスは、町本のアパートから走って数分の場所に位置していた。周囲を木々に覆われた自然豊かなエリアで、夜中はほとんど人気がない。鉄柵を乗り越えて侵入すると、町本の指示どおりに駐輪場近くの木々の陰に隠れた。

季節が秋だったのが幸いした。木々は色づいた大きな葉で覆われており、濃密な闇が形成されている。駐輪場に設けられた外灯が、寂しげに自転車やバイクを照らしている。

冷え込んできたにもかかわらず、嫌な汗が全身を濡らしていた。

真里亜はスマホを手に取った――電源を落としてある。やはり通報すべきではなかったか。覆面の男たちと戦うのが正しかったのか。

静けさが真里亜を焦らせた。身体を鍛え抜いた町本と大男の樺島が、簡単に屈するとは思いたくない。自分にできることはないのか。警察車両のサイレンは聞こえてこなかった。

アパートに戻るのは愚の骨頂だ。覆面の男たちはタダ者ではない。全員の口封じが目的であれば、サムターン回しで解錠などしなくとも、あの合板のドアなどあっさり破壊し、真里亜たちを全員抹殺していたはずだ。男が裏に潜んでいたのも、拳銃を突きつけて真里亜を室内に戻すためと思われた。

首や心臓をめった刺しにされた宮口の姿が脳裏をよぎる。犯人は複数と見られており、ハシゴとトーチバーナーを駆使してベランダから侵入した。遺留品を残さないプロの仕業だ。

あの覆面の男たちがまさにそれだった。針金でサムターン錠を手際よく回し、拳銃に日本では入手の難しい減音器（サプレッサー）までつけていた。そのくせ、キックを見舞った男の手にあったのは、どこにでもある三徳包丁だ。連中の狙いは偽装殺人だろう。そこまでわかっていながら、なにもできずにいる自分を呪った。駐輪場に逃げ込んでからは、ひたすら自重して待つしかなかった。連中にとって真里亜の逃亡は想定外である。血眼で行方を追っているはずだ。

セカンドバッグのなかに入っていたのは、通帳と印鑑、それにキャッシュカードやインターネットバンキングの利用カードだった。都市銀行の普通口座で、名義は『千代田（ちよだ）セクション株式会社』とある。口座は約十ヶ月前に開設されたものらしく、昨年の晩秋に新規として、八百万円もの大金が入金されていた。

ATMでの引き落としや、ネットによる送金で残高がゼロになりかけるたびに数百万単位の金が口座へ預け入れられていた。

口座を管理していたのが町本だとすれば、彼は約十ヶ月以上も監視の目をかい潜（くぐ）って、大金を扱っていたことになる。この口座に預け入れられた金は総額数千万円にもなる。当然ながら町本の給料などではないだろう。これだけの大金を一体どうしていたのか……。

真里亜は樹木の陰に隠れた。キャンパスの南側を走る農工大通りを、紺色のワンボックスカーが徐行していた。駐輪場の近くまでやって来ると、車はさらにスピードを落とした。運転席の窓は開いており、懐中電灯を何度も点灯させている。青白い光が真里亜の目に入る。

拳ほどの大きさの石を手に取った。真里亜は木陰から木陰へと移り、ワンボックスカーへ慎重に近づく。

車に乗っているのが味方とは限らない。さきほどの覆面たちかもしれなかった。木の陰から運転席に目をこらすが、ベースボールキャップを目深に被っており、顔まではよく見えない。こちらが姿を見せようものなら、減音器つきの拳銃で蜂の巣にされそうな気がした。

「さっさと出てきな！　グズグズしてると置いていくよ」

ワンボックスカーから声が飛んできた。年齢が高めの女性の声だ。

真里亜は意を決して木の陰から出た。石を摑んだまま、ワンボックスカーへと近づく。運転手が車を停めた。

黒のベースボールキャップに、同じく黒のフライトジャケットという男性的な恰好をしていたが、ハンドルを握っているのは小柄な女性だ。六十をとっくに超えているように映る。警察官や殺し屋には見えない。

キャンパスを隔てる鉄柵を乗り越え、車道に出る。

「町本さんは」

「あたしが知りたいよ。早く乗りな」

女性が助手席を指さした。

真里亜は目をこらした。女性は小さな身体をしているわりに、手だけはサザエのようにゴツゴツとしており、指もウインナーみたいに太い。タダ者ではなさそうだ。

助手席側に回りこみつつ、車内をチェックした。女性以外には誰も見当たらないが、サイドやリアウィンドウにはスモークが貼られている。荷台に誰かが潜んでいてもおかしくはない。だが、後続車がやって来ていた。石を握ったまま、助手席のドアを開けて乗りこむ。

シートに腰を下ろすと同時に車が動き出した。シートベルトもしないうちにアクセルを踏まれ、真里亜は背中をシートに打ちつけた。思わず息を詰まらせる。

女性の運転は荒っぽかった。通りの傍にあったコインランドリー店の駐車場に入ると、ハンドルを目一杯に切ってUターンをした。スキール音を立てながら元来た道を走る。樺島と対峙した栗山公園の脇を通り過ぎ、信号が黄色から赤色に変わるタイミングで交差点に入って右折した。明らかに信号無視だ。

町本のアパートは目と鼻の先だ。女性はエンジン音を鳴らして速度を上げるだけだった。

「あなたは誰? 町本さんはどうなったの?」

真里亜は矢継ぎ早に訊いた。とても冷静ではいられず、石を強く握りしめる。

「町本の仲間。名前はまだ教えられない。町本がどうなったのかは、あんたが一番よく知ってるんじゃないのかい。何度電話しても出てくれない」

女性は淡々と言った。その様子は町本の佇まいを思い起こさせる。年齢からいって現役の警察官ではなさそうだった。OGにも見えない。しかし、ただならぬ道を歩んできた者らしい、不気味な落ち着きを見せていた。

――決まってるだろう。

町本はそう言ってどこかに連絡を取っていた。おそらくこの女性なのだろう。紺色のワンボックスカーに加えて、頭から足まで黒い衣服に身を包んでいる。あの覆面たちと同じく、夜闇にすっぽりと溶けこんでおり、落ち着いた調子ではあるものの、周囲を警戒する目は鋭い。

真里亜は逡巡したのちに答えた。

「武装した覆面の男たちに襲われた。減音器をつけた拳銃なんかを持ってた」

「関西弁を話してた？」

真里亜はうなずいた。女性が口を歪める。

「生駒と豊中だね」

「誰？」

「琢磨栄が飼ってるプロさ。普段は海外で好き放題に遊ばせて、たまに日本で仕事をさせる。あいつらに会って生きてるなんて、あんたはよっぽどついてるよ」

ワンボックスカーは三鷹市方面へと走った。ドラッグストアや量販店、牛丼屋などが並ぶ都道を南下する。店舗の灯りで明るくなったはずなのに、視界の闇が濃さを増したような気がする。

生駒と豊中という名前も初めて耳にする。

女性の言葉はまだ信じるに値しない。そもそも、どこの誰かもわかっていないのだ。ただし、それでも認めざるを得ないところもある。プロの殺し屋の犯行現場を宮口殺しで知った。

かつての暴力団では、殺人は若手組員の役割だった。若いうちに殺人などの大きな仕事をやらせて長期刑を経験させる。琢磨自身が、二十代に愛知県内で敵対組織の組長を射殺し、愛知県警に出頭して懲役十二年の刑で下獄した。

今は事情が異なる。暴力団員が組織のために殺人をしたとなれば、ずっと重い量刑が科せられ、無期懲役となる可能性もあり、トップまでもが共謀共同正犯に問われかねない。

それゆえに西の華岡組も東の東鞘会も、汚れ仕事が得意な武闘派メンバーを当局に差し出すような真似はせず、犯罪が露見しないよう細心の注意を払い、分業制を確立させたと言われている。殺しが得意な者、現場をきれいに清掃して証拠を消す者、死体を処理してこの世から消し去る者たちなどだ。

華岡組も現在は内輪揉めの火消しに追われている。名古屋を地盤とする琢磨栄を嫌う関西派が六甲華岡組を結成した。東鞘会から多額の資金提供を受けたと言われている同組だが、金主の十朱が斃れて、東鞘会が崩壊寸前の今となっては思うように同志を集められず、むしろ次々と幹部が姿を消しているという。

三ヶ月前には、六甲華岡組で副本部長を務めていた金村恒美が惨たらしく射殺されている。義理掛けで大阪府内を車で移動している最中に、フルフェイスのヘルメットを被ったバイクグループにアサルトライフルで銃撃され、防弾ガラスごしに護衛もろとも胸を撃ち抜かれて死亡したのだ。

バイクグループは、公道や店舗に設置された防犯カメラやいくつものドライブレコーダーに姿を捉えられたものの、逃走中に忽然と行方を眩ました。大阪府警は琢磨側の五代目華岡組による犯行と見なして捜査をしているが、被疑者の特定には到っていない。

真里亜は女性の横顔を見つめた。

「だけど、どうして華岡組が……」

「簡単なことだろ。組特隊が総仕上げのために華岡組と手を結んだ。組特隊の計画だの、国木田親子の悪行だのを知った人間を、あいつらは片っ端から始末して回っている」

「あの華岡組と手を結ぶなんてありえない」

「あんたが誰かよく知らないけど、そんなにおかしいことじゃないだろ。東鞘会が滅んだら、大都市東京にはいろんな悪党が入りこんでくる。得体の知れない外国人マフィアとか、正体の見えにくい半グレ集団に縄張りを侵されるくらいなら、まだ顔や事務所がはっきりしてる悪党たちに軒を貸すほうがマシじゃないか。警視庁としてもヤクザが完全に消えることなんて望んでない。天下の華岡組に東京を支配させたほうが、人員も予算もガッツリ確保できるだろう」

女性は暗い目をしながら話した。

「だからといって、警察が警察官を抹殺だなんて……どう考えてもバカげてる」

「バカげてなんかないさ。現にあんただって警視庁(カイシャ)が怪しいと踏んで、町本のもとを訪れたんだろう？　あいつから組特隊(ソトク)と東鞘会の暗い歴史をひとしきり聞いたんじゃないの？　現に殺し屋まで目撃したんだ。これだけの目に遭ってもバカげてると思うなんて、よっぽど育ち方がよかったんだね」

黙るしかなかった。女性になにも言い返せない。

町本からすでに警視庁の闇は聞いていた。彼は繰り返し警告してくれていた。元の生活は送れずに、引き返すチャンスも失うと。

車は調布インターから中央道に入った。新宿方面へと向かう。女性はバックミラーに何度も目をやり、監視がないのを確かめると、さらにアクセルを踏み込んで速度を上げた。

改めて女性を見つめた。彼女は警察と裏社会に熟知していた。まだ真偽は不明だが、華岡組の殺し屋の正体まであっさり見抜いた。

とはいえ、元警察官やジャーナリストという風には見えなかった。車田のような社会正義の匂いはまるでしてこない。

真里亜は言った。

「あなたが〝連絡員〟ね」

女性が眉間にシワを寄せた。否定も肯定もせず、黙ってハンドルを握り続ける。その反応だけで充分だった。どうやら正解のようだ。

兼高ファイルには、阿内との間を取り持つ連絡員の存在が記されていた。だが、具体的な描写は一切なかった。どのような職業に就き、どこに住んでいるのか。性別や年齢にも一切触れていない。兼高ファイルが真実であったとするなら、出月はすべてを暴露したように見えても、連絡員には配慮していたことになる。

その出月はおそらく今も生きている。だとすれば、兼高ファイルにも記されていない情報を摑みながら、組特隊の目を欺き続けた町本と手を組むような人間はひどく絞られる。

「是安が死亡した同日、東鞘会系曳舟連合で奇妙な事故が起きたと聞いてる。七十を超えた総長が、若い衆のマッサージによって首の骨を折り死亡したと。強い力で揉むよう指示されたからという疑わしい供述だったので、向島署は連日きつい取り調べを行って、真相を吐かせようとした。それでも若い衆は供述内容を変えず、向島署も殺人や傷害致死に持っていけるだけの証拠を集められなかったので、過失致死として送検するしかなかった」

「なにが言いたいんだい」

エンジンがうなりをあげて、トラックやタンクローリーを抜き去る。高井戸インターをあっという間に通り過ぎ、首都高4号線に入る。巨大なオフィスビルや大きなビルボードが目に飛び込んでくる。

「その総長には、贔屓にしていたセラピストだかマッサージ師がついていたと記憶してる。私は捜査一課に赴任したばかりで、その案件には関わってはいないけど、マッサージ師をきっちり洗ったのか疑問に感じたものだった」

真里亜は彼女の岩のような手を見やった。女性はちらりと真里亜に目をやる。

「なるほどね。ただの育ちのいいお嬢さんじゃないってわけかい。町本が会わせようとした理由がわかった気がするよ」

「あなたでしょう。犯人は」

女性が鼻を鳴らした。

「おかしな娘だね。頭がキレると思ったら、やっぱりどこか抜けてる。名前すら教えてないのに、そんなことをペラペラ喋るやつがいると思うかい？」

「そりゃそうだけど」

女性は表情を消した。

「殺ったよ。あたしが犯人さ」

「えっ」

「あたしがこの手であのクソ野郎の骨を折ってやった。あんたの言うとおりだよ。鉛筆よりも手応えがなかったね。阿内は私に成功報酬もくれずに逝っちまったから、自分で取り立てに行ったまでさ」

女性は左手を握りしめて見せつけた。

女性の体重は真里亜の半分ほどしかなさそうだが、拳は真里亜以上に大きく、手首までがずんぐりと不自然に太い。

総合格闘技のジムによく遊びに来ていた空手家の拳と似ていた。気の遠くなるような時間をかけて自分をイジメ抜いた人間にしかたどり着けない形だ。真里亜をからかっているだけかもしれないが、あまりにも説得力のある手をしていた。

「ヤクザなんてのは、みんなくたばっちまえばいいのさ。まだ殺り足りないよ」

女性は声を上げて笑った。その目は暗いままだ。

とても冗談とは思えなかった。そもそも隊長だった阿内と出月とをつなぐ連絡員だったということは、彼らが手がけたいくつもの謀殺にも加担していたはずだ。十朱率いる東鞘会からも命を狙われるリスクは高かっただろう。

彼女と曳舟連合とどのような因縁があるのかは知る由もない。だが、あんなイカれた任務に加担するぐらいだ。まともな人間であるはずもない。

首都高4号線を走る車は新宿を通過して、さらに都心へと入っていった。やがて右側に国立競技場の屋根が見えてくる。東京は真里亜の縄張りのはずだった。

しかし、今は圧迫感を覚えつつある。強大な敵の陣地に足を踏み入れてしまったかのような。あれだけ町本に覚悟を問われ、威勢よく返事をしておきながら、このまま正反対の方角に逃げ出したいという誘惑にも駆られる。

すべてをやり直したい。指紋係の飛鳥の異変なんかに気づかず、車田の家を訪れようと大それた考えを抱かずに過ごす。相棒の樺島はよき家庭人であり、頼りになる先輩刑事のままだ。敵の存在など知らなくてよかった。臆病風に吹かれそうになる。

「そんなわけにはいかないよね」

真里亜は小声で呟いた。震え続ける脚を両手で押さえつけ、正面に向き直った。

9

ワンボックスカーは青山通りを外れ、薬研坂のゆるやかな坂道を南下した。

公道の傍には高さ百メートル以上の超高層のオフィスビルやタワーマンションがそびえ立ち、航空障害灯の赤いライトを灯している。

テレビ局の巨大ビルの前を通り過ぎ、車は赤坂の繁華街へと向かう。そこは血に塗れた歴史の震源地でもある。出月が潜入した神津組の事務所があり、かつては同組が街を牛耳っていた。女性は飲食店や酒場が軒を連ねる道を迷わず進む。

午前〇時を過ぎているため、営業を終えてシャッターを閉めた店舗も多いが、スナックやカラオケパブが入ったビルの袖看板は妖しく輝いている。酔っ払いの集団が千鳥足で二十四時間営業の寿司店へと消えていった。ミニスカート姿の外国人女性や客引きが、道行く男たちに声をかけている。

車は雑居ビルの前で停まった。一階にはドラッグストアが入っている。二階にはネットカフェが開店するらしく、窓に〝近日オープン〟と大きく記された紙が貼られていた。三階より上にはタイ料理店やダイニングバー、鉄板焼き店がそれぞれ入っていた。今は営業を終えているようで、看板のライトは消えており、雑居ビル全体が闇に包まれていた。

「ここだよ」

女性は運転席の扉を開けた。車から降りようとしたが、再びシートに座り直してドアを閉める。

「どうしたの？」

真里亜はあたりを見渡した。警察官の姿はない。

一方で、ナイトビジネスに従事していそうな金髪の若い男や、坊主刈りのアウトロー風もいる。警察という後ろ盾がなくなり、自身もお尋ね者となった今では、誰も彼もが怪しく見えてしまう。

「それ開けて」

女性はグラブコンパートメントを指さした。

真里亜が開けると、車検証とともに大きな金属の塊が滑り出てきた。亜麻色の油紙に包まれたリボルバーだ。思わず背を仰け反らせる。

「扱い方がわからないなんて言わないでくれよ」

真里亜が制服警察官時代に貸与されていたのは、〝サクラ〟と呼ばれるスミス&ウェッソンM360のカスタマイズモデルで、常に持ち歩くのを考慮された軽量の拳銃だった。

拳銃に触り慣れているとはいえ、実際に射撃をするのは年に一度程度だ。刑事になってからは携帯する機会すら減った。

これを所持しろというのか。女性に尋ねそうになり、すぐに愚問だと思い直す。

「そんなことは言わない。私も共犯者だから」

真里亜はグリップを握った。

同じリボルバーとあって操作方法は似たようなものだ。ただし、シリンダーの押し出し方は、スミス&ウェッソンとは違ったようだ。少しもたついてからシリンダーを左横に押し出す。

六つの薬室にはすでに金色の弾薬が装塡されていた。銃口はモデルガンのように塞がっておらず、奥深くまで穴が空いている。ため息が漏れた。

同期に重度のガンマニアがいて、これと同型のエアガンを所持していた。コルトパイソンという名銃だと教えてくれた覚えがあり、銃身にも同名の刻印がされてある。いかにも米国製らしく、どの部位も〝サクラ〟より大きい。

心までもがずしりと重くなるが、同じく拳銃を手にした殺し屋と遭遇しているのだ。撃たなければ撃たれる局面も出てくるかもしれない。

「ありがとう。お借りしておく」

「そりゃなにによりだ。『現行犯逮捕だ』なんて手錠かけられるんじゃないかと思った。怪しい野郎がいたら、四の五の言わずにぶっ放すんだよ」

真顔で注意をしてから女性は車を降りた。真里亜をからかっているのではなく、本気で心配しているのだとわかる。

法に厳しく従って生きてきた。それだけに、法の及ばない世界に足を踏み入れたとわかっていても、簡単に頭の切り替えができるはずもなかった。生き延びるためには新しいルールに従わなければならない。コルトパイソンをベルトに差し、セカンドバッグをしっかり抱いて車を降りる。

女性とともに雑居ビルに入った。エレベーターに乗りこむと、彼女はボタンの横にある鍵穴にキーを挿しこんだ。ロックを解除してからボタンを押す。

エレベーターが二階に停まった。ネットカフェの店舗名が記されたガラス扉がある。窓に表示されていた通り、まだオープン前であるようで、店内は真っ暗だった。

女性が再びドアにキーを挿してガラス扉を開けた。新しい建材やペンキの臭いがする。なかは確かにネットカフェらしく、受付カウンターとセルフ精算機が設けられてあった。

壁には大きな書棚が設置され、仕切りがつけられた半個室のブースが並んでいる。

真里亜はコルトパイソンのグリップを握った。ブースの陰から長身の男が姿を現した――その手にはリボルバーがあり、銃口は真里亜の顔に向けられていた。

長身の男は暗闇に包まれた店内でも、スポーツ用のサングラスをかけていた。警察や暴力団員の目を避けるためか、洒落たチェスターコートにニットという秋めいた恰好をしている。だが、男が修羅として生きてきたのが、その佇まいからわかる。拳銃を構えるフォームは、教養課にいる実射訓練指導の教官に匹敵するほど洗練されている。

「出月梧郎ね」

真里亜は尋ねながら目をこらした。

問いただす必要はもはやなかった。サングラスで目を隠し、肩にかかるほど頭髪を長く伸ばすなど、東鞘会に潜っていたときとは様変わりしているが、剣道や機動隊で培った頑健な体格は隠しきれない。警察と暴力団の両方から追われ、潜伏生活を余儀なくされているにもかかわらず、胸筋が鎧のように発達している。

頭髪で隠した右耳の一部は欠けており、右頬には大きな傷跡がある。それ以外に両手の甲にも火傷や切り傷の痕がある。おそらく全身にこの手の傷跡があるものと思われ、修羅と化しながら生きてきた証がそこかしこに見て取れた。

出月が無言のまま歩み寄ってきた。表情に力みはないものの、覆面の男たちと同じで、妖しげな気配を漂わせていた。

出月の左腕が動いた。真里亜の右脇腹に衝撃が走り、彼女は息を詰まらせた。意思に反して下半身の力が抜けて床に膝をつく。過去に何度も味わってはいるが、急所の激痛に慣れることはない。

女性の声が耳に届いた。

「怪しい野郎がいたら、四の五の言わずにぶっ放せと言ったばかりなのに。腹にしまっておくバカがいるかね」

出月の左腕が伸びてきた。

真里亜はセカンドバッグを胸に抱き、奪われまいと必死に抗うが、出月の左脚が素早く動いた。獲物に襲いかかる蛇のように。

真里亜は右肘を下げて右脇腹を守った。出月のつま先が右肘に当たる。防御してもなお衝撃で肘関節がきしみ、内臓を激しく揺さぶられる。

真里亜は仰向けに倒れこんだ。セカンドバッグが両腕から滑り落ちる。

出月はセカンドバッグを拾い上げた。ベルトに差していた彼女のコルトパイソンまで奪うと、興味を失ったかのように背を向けた。

「失せろ。お前に用はない」

女性が肩をすくめた。

「苦労して連れてきたのに。まあ殺されなかっただけマシだね。ここでおとなしく引き返せば、命まで取られずに済むかもしれないし」

真里亜はゆっくりと呼吸をして内臓をなだめた。

視界が揺らぐほどの痛烈なパンチと蹴りで、ひどいダメージを負った。しかし、気力までは削がれていないと己に言い聞かせる。もはや退路はないのだと。刑事の仕事がどれほど忙しくとも、鍛錬を欠かさずにいたのも大きい。腹横筋をしっかりと鍛えていた。

噴き出る汗を袖で拭い取って立ち上がる。

奥に消えようとする出月に声をかけた。

「待ってよ……ガキの使いじゃないんだから」

「よしな。殺されちまう」

女性の手が肩に触れた。彼女の表情は真剣そのものだ。それを振り払う。

出月が顔だけ振り向き、不快そうに眉をひそめた。右手でリボルバーを握り、再び真里亜の頭を狙おうとする。

足に力をこめた。出月の懐まで一気に飛び込むフリをして、すぐに右へとステップした。

出月の足刀が真里亜のブルゾンを掠める。並の格闘家よりもキレがある。

真里亜は確信した。右側に回りこむと、大きく手を振った。出月のこめかみを平手で打つ。その勢いで彼のサングラスが吹き飛んだ。彼の素顔が露になる。

出月の左目はなかった。眼球を摘出したらしく、左の瞼を閉じたままでいる。右側に移動して大振りの平手打ちを食らわせたのは、彼が左目を損傷していると気づいたからだ。死角からなら互角に渡り合える。

出月は首を捻らせた。

「……どうしてわかった」

「大したことじゃない。こんな真っ暗なところで、サングラスをかけてるなんて暴挙以外の何物でもない。弱点を隠す必要があったからでしょう。そのくせ拳銃は右目で狙っていた」

出月はセカンドバッグを女性に向けて放ると、真里亜の左手首をすばやく摑んだ。壁際まで押しやられる。

背中を壁に打ちつけて息が詰まる。押し返そうとしてもビクともしなかった。

出月が真里亜の左手を見やった。

「女にしては立派な拳だ。そこまで見抜いているのなら、なぜこの鉄拳でおれを殴らなかった。おれを床に這わせる唯一のチャンスだったのに。あの殺し屋どもにもビンタで乗り切るつもりか？」

真里亜は睨み返した。

「ここのルールはもう理解してる。だけど、私は刑事。悪党を殴り殺したり、銃弾を叩きこんだりすることが任務じゃない。真相を突き止めて、悪党に法の裁きを受けさせるのが私の使命なの」

頰に銃口を押しつけられた。

出月が撃鉄を起こした。リボルバーのシリンダーが回り、金属が嚙み合う不吉な音がする。

「そのご立派な理想とともにくたばれ」

出月は明らかに苛立っていた。ひとつしかない目が怒りで燃えている。その殺気に圧倒され、真里亜の脚が震え出す。

彼の苛立ちが今なら理解できた。正義のため組織の任務を忠実に行ったにもかかわらず、その組織に非情にも裏切られたのだ。

出月としばし睨み合った。彼はトリガーを引こうとはしない。やがてリボルバーを下ろした。撃鉄を指で押さえながらトリガーをゆっくり引き、起こした撃鉄を元の位置に戻す。

出月が真里亜の左手首を離した。コルトパイソンを彼女の手に押しつけるように渡す。

女性が出月に言った。

「警察官にしておくには惜しいタマだろ？」

「イカれてるよ、ついてこい」

出月はサングラスを拾って奥へと歩いた。真里亜はコルトパイソンを握りながら、彼の後をついていく。

彼は分厚い扉で仕切られた一室に入った。その部屋だけは灯りがついており、暗闇に慣れた目には眩しく思えるほどの光に包まれていた。そこはカラオケルームであるらしく、大きなモニターとスピーカー、機器類が設置されていた。

出月はここに寝泊まりしているようで、コの字形のソファには、丸まった毛布が置かれていた。テーブルにはバナナの皮やプロテインバーの包み紙、メモ用紙が散乱しており、生活感にあふれていた。

ひときわ目を引いたのはメモ用紙の中身だ。ここへ案内してくれた女性や、甘いマスクの男の顔が鉛筆で描かれている。男は神津組きってのキラーとして知られた室岡秀喜だ。

出月は無言でそれらをまとめるとゴミ箱に放った。テーブル上のゴミやメモ用紙を片付け、セカンドバッグを置いてソファに腰かけた。背もたれに身体を預けてサングラスをかけなおす。

凶暴な肉食獣に出くわしたような衝撃を覚えたが、一年にわたって潜伏し続けた逃亡犯でもあるのだ。電灯に照らされると、顔や手の傷がよりはっきりと見える。頭髪にもだいぶ白いものが交じっている。

出月が天井を見上げながら言った。

「訊きたいことがあるんじゃないのか？　神野真里亜」

真里亜もソファに腰をかけた。

言われるまでもなく、質問したいことは山ほどある。どこから訊くべきか迷うほどだ。

「……その左目は？　あの豊中と生駒ってやつらに？」

彼は首を横に振った。失った左目を指さす。

「こいつは昔の仲間だ。逃亡後、沖縄に身を潜めていたが、居所を知られて追い込みをかけられた。神津組に」

「沖縄……あなたが弟分とともに喜納を始末したところ」

「今度はおれが始末されかけた。皮肉なもんだ」

出月は薄く笑った。

この男が今日まで生きていられたのは、奇跡のようなものかもしれなかった。警察組織や華岡組だけでなく、当然ながら東鞘会からも恨みを買っている。表社会と裏社会の巨大組織の両方から追われながら、ただ逃げ回るだけではなく、町本と手を組んでなにかを企(たくら)んでいる。

「遠くに逃げるくらいなら、『灯台もと暗し』を選んだということね」

「ここは極道時代の地元だ。どこに防犯カメラがあり、どの店に神津組の息がかかっているのかもわかっているつもりだった。この一年で勢力図が大きく変わってしまったせいで、誤算も数えきれずあったが」

「宮口の件ね」

「ああ」

出月はこの約一年にわたる逃走の日々を語ってくれた。

兼高昭吾の仮面を外し、兼高ファイルをバラ撒(ま)くことで、己と警視庁が行った罪の一切を告白した。彼はひとまず東京から離れ、密かに弁護士と連絡を取り、メディアの反応を見ながら、自身が姿を現して記者会見を開く段取りまでしていたという。

だが、警視庁の動きは想像以上に速かった。兼高ファイルの存在を否定する一方、組特隊の予算と人員を増やし、出月の行方を追わせ、華岡組と東鞘会の両方に積極的に情報を流した。沖縄北部に潜伏していたところを、裏切り者の抹殺に燃える神津組に襲われ、左目を失明する重傷を負いつつ、からくも逃れて兵庫県の田舎町に身を寄せた。殺しの腕を見込んだ六甲華岡組が彼を匿ったのだ。

出月は約三ヶ月隠れていた。無聊をかこつ日々が続き、そこで手慰みに絵を描き出したのだという。

しかし、田舎町も安住の地にはなりえなかった。構成員が千人程度の六甲華岡組は、琢磨が放つヒットマンから激しい攻撃にさらされ、関西の警察からも袋だたきに遭っていた。兼高を匿う余裕はもはやなく、地元の県警に恩を売るため兼高を差し出そうとした。危険を察知した兼高は再び関東に戻ると、かつて連絡員だった衣笠典子とコンタクトを取った。

「四ヶ月前に東京に戻った。おれが撒いたファイルが真実であるのを証明するために動き始めた。最初にターゲットとして選んだのが、おれを東鞘会に送りこんだ連中のひとりだった町本だ。あいつは免許センターに左遷されて、他の幹部連中と違って護衛もついていないどころか、毎日のように飲んだくれて隙だらけだった」

「町本警視は飲んだくれてなどいなかった。むしろ、肉体をひそかに鍛えて、警視庁(カイシャ)と東鞘会との因縁を調べ上げていた」

出月はうなずいた。

兼高ファイルの内容が真実であると証明させるため、三ヶ月前に町本のアパートを急襲した。だが、当の町本自身はむしろ出月が来るのを待っていたかのように協力を申し出たという。もっとも監視の目が光る東京で潜っていられたのは町本のおかげのようだった。

「今日まで逃げ切れたのは、町本を通じて味方ができたおかげだ」

「警視庁(カイシャ)の人間も、国木田に尻尾(しっぽ)を振る連中ばかりじゃないのね」

真里亜は宮口殺しの捜査会議を思い出した。現在の組特隊を快く思わない者は少なくない。真里亜の上司である捜査一課の男たちも、腸(はらわた)を煮え繰り返らせていた。

町本という協力者を得て、出月は反転攻勢に打って出た。大物ジャーナリストである宮口が会いたがっていると知り、出月は彼の事務所へと出向いた。

「宮口の爺(じい)さんも、華岡組の動向を探っているうちに、おれが生きていると知ったようだ。やっと接触すれば、兼高ファイルは再び脚光を浴びると考えた。だが、簡単にはいかない」

「生駒と豊中」

「そうだ」

出月は哀しげに眉根を寄せた。

宮口が華岡組の動きを察知したのと同じく、華岡組も宮口を監視下に置いていたという。宮口の事務所でインタビューを受けている最中、ベランダから武装した人間が続々と侵入してきた。宮口は出月に逃げるよう勧め、屋上へと続く鍵を渡してくれたという。

真里亜は首を横に振った。

「あの殺し屋たちからよく逃れられたものね」

「お守りがあったからな」

出月はチェスターコートのポケットから青緑色の丸い物体を取り出した。真里亜は息を呑んだ。手榴弾だった。

「……本物なの」

「沖縄で手に入れた。安全ピンを抜いてレバーを握ったまま玄関に向かった。名うてのやつらも、さすがにおれと心中する気までは起きなかったようだ」

警察学校では手榴弾の扱いまでは教えてもらっていない。

安全ピンを抜き、安全レバーまで外れると爆発するというのを、ドラマや映画などで知ってはいた。なにかの拍子で落としていれば、出月や殺し屋たちはあの現場でバラバラに飛び散っていたことになる。この男や殺し屋たちがやっているのは、もはや戦争なのだとわかった。

出月は玄関から脱出した。玄関や外廊下にも殺し屋が待機していたが、手榴弾に怯んでいる間に隙を突いて包囲網を突破。マンションの屋上から隣のビルに飛び移って逃走したのだという。そして、この隠れ家に身を潜めた。

真里亜はセカンドバッグに目をやった。

「通帳の数字を見た。このネットカフェにしても、誰があなたの逃亡を手助けしてるの？」

出月が首を横に振った。

「そのうちわかる。今夜はこれくらいでいいだろう。シャワーを浴びて身体を休めろ。だいぶ臭うぞ」

真里亜は顔が熱くなるのを感じた。今日だけで一生分の冷汗を掻いた。樺島や殺し屋相手に格闘もした。樺島に土砂を投げつけたため、ブルゾンのポケットには砂が入り、ボーダーシャツは土で汚れている。

覆面の男に腐った液体が底に溜まったゴミ袋を振り回してもいた。髪や衣服に液体がついたらしく、甘ったるい腐敗臭がするみたいだ。鼻が慣れてしまって、自分では気づかなかった。

「最後に教えて。町本さんたちはどうなったの。なにか情報を得ているんでしょう」

「本当に聞きたいのか」

出月が真里亜の顔を見つめた。サングラスの奥の右目が光った気がする。彼女はうなずいてみせた。

「華岡組が使い続けてる殺し屋だ。つまり、日本でもっとも殺しに長(た)けている連中だ。遺体はもうどこかに運ばれただろう」

「そんな……」

「今度危うい目に遭ったら、その拳銃(けんじゅう)で自分の頭を撃ったほうがいい。これは真面目なアドバイスだ。ひどい拷問を受けずに逝(い)ける」

再び目まいに襲われる。なんて世界に足を踏み入れてしまったのか。

「ひとまず眠れ。続きは明日(あした)だ」

出月はチェスターコートを脱いでソファに寝転んだ。

脚を折り畳んで窮屈そうに丸まり、身体のうえに毛布をかける。彼の身体が大きいせいか、今にもソファから転げ落ちそうだった。サングラスをかけたままであるため、目をつむっているのかどうかはわからない。彼女に見向きもせず、眠りの姿勢に入っているのはわかった。

真里亜は部屋を後にした。涙がこみ上げてくる。ベルトに差したコルトパイソンが殊更重く感じられた。

自分が得意げに町本の演技を見抜いたせいだ。おかげで彼は殺し屋たちの目に留まり、命を失う羽目になった。刑事だの使命だのと、出月に見得を切ったのが恥ずかしい。武器を持って押し入ってきた者を追い払えもせず、なにが警察官だというのだ。情けなさのあまり身体が震えてくる。

典子が目の前に立っていた。彼女はタオルを山のように抱えていた。車を運転していたときと異なり、その表情は別人のように柔和だ。

「好きな部屋を使いな。扉は一応鍵もかけられる。水や食料はスタッフルームにあるけど、なにか欲しい物があったら言いな。買ってきてやるから」

「ありがとう。ひとつ訊いてもいい？」

「なんだい」

「あなたはどうして出月に協力してるの？」

「そりゃ、あいつといればヤクザを狩れるからさ」

典子は当たり前のように答えた。それから過去を振り返るように遠い目をする。

「それに梧郎はもう息子みたいなもんさ。阿内もあたしも好き放題にやらせてもらったからね。今度はあいつが成し遂げる番さ」

「成し遂げるって？」

真里亜はオウム返しに尋ねた。典子にタオルを押しつけられる。

「ひとまずシャワーを浴びて眠りな。ひどい顔してるよ」

「臭いますか？」

典子はにんまりと笑った。

「だいぶね。車のなかで言おうと思ったけど、年頃のお嬢さんに言うのは気が引けたから、ずっと我慢してたた」

彼女が連絡員をしていた理由がわかった気がした。出月と同じくらい危険な任務だったろうが、極道と戦う彼の身体を揉みほぐしながら、一時の安らぎを与えていたのかもしれない。彼女の指示に従ってシャワーを浴びた。

シャワーブースの扉は施錠できたが、鍵をかけられたからといって、これといった気休めにもなりはしなかった。隙間から針金だのが入りこんで、いとも簡単に解錠されるのではないか。髪を洗っている間もあの光景が忘れられず、目をつむることができなかった。シャンプーが目にしみる。

フラットシートの一室で毛布をかぶった。新品のマットに身を横たえると、疲労が重くのしかかった。毛布は暖かかったが、身体の震えが止まってくれない。肉体も精神も疲れ切っているのに、神経は張りつめているらしく、とても眠りに落ちそうにない。

出月を思った。彼が強いられた環境はもっと過酷だったはずだ。東鞘会に潜っている間も、いつ正体を周りに知られるのではないかと、不安と恐怖に襲われていただろう。

十朱を斃して東鞘会に大きなダメージを負わせてからも、ずっと地獄のような状況が続いている。今度はお尋ね者として、警察と殺し屋から追われている。自分ならとても耐えられず、とっくに力尽きているか、発狂しているかもしれない。

眠気がやって来てウトウトとするたび、覆面の男たちが解錠して押し入ってくる夢を見て、真里亜は枕元のコルトパイソンに手を伸ばした。

10

真里亜はコルトパイソンを握った。ブースの扉に銃口を向ける。

扉の向こう側から典子の声がした。

「あたしだよ。撃つのは怪しいやつだけにしとくれ」

「ごめんなさい」

真里亜は拳銃を置き、腕時計に目を落とした。

時計の針は朝の五時十五分を指している。ネットカフェの窓はすべてブラインドが降りており、朝を迎えても真っ暗なままだ。

ブースの扉を開けると、典子が立っていた。すでに黒のフライトジャケットとベースボールキャップをかぶって、出かける支度を済ませている。

その横には出月もいた。彼もチェスターコートを着ており、髪もきっちりセットしていた。左手にはボストンバッグを抱えている。

真里亜は訊いた。

「どこに行くの？」

「プランBだ」

「え？」

「支度をしろ。お前にも手伝ってもらう。ただし、こちらの指示に従わなければ、ためらわずに背中を撃つ」

「指示の内容によるけど」

「殺しや拷問をやれというわけじゃないが、いささか刑事の領分を超えるかもな。嫌ならそこで寝ていろ」

「ついていくに決まってるでしょう」

　真里亜はマットからはね上がった。

　ハンガーにかけていたブルゾンを着た。ミネラルウォーターを飲み、頬を叩いて活を入れる。深い眠りこそ得られなかったものの、殺人事件の捜査に従事しているときよりは長めの睡眠時間を確保できた。徐々に脳が活性化していくのを感じながら、コルトパイソンをベルトに差す。

　出月たちは店の外に向かっていた。彼らの後についていく。

「プランBって？」

「移動しながら教える」

　出月は昨夜と変わらぬ態度だった。サングラスをかけているため、表情も読みづらい。しかし、彼らが危険な行動に出ようとしていることだけは察せられた。典子の顔は昨夜以上に張りつめており、両肩も明らかに力んでいる。

　出月のチェスターコートは、両脇と腰のあたりが膨らんでいた。希代のお尋ね者である彼が、武器を持ち歩くのはごく自然なことといえたが、複数の武器を携帯しているらしく、殴り込みにでも行くような恰好だった。ボストンバッグもかなりの重量があるようで、底がたわんでいる。

ネットカフェを出ると、すでに朝日が昇っていた。真里亜の心とは対照的に雲ひとつない晴天だ。朝を迎えた繁華街に人気はほとんどなく、客引きや酔っ払いの姿もない。雑居ビルから二十メートルほど移動したところにコインパーキングがあり、ワンボックスカーが停まっていた。

典子は精算機で支払いを済ませると、運転席に座ってハンドルを握る。真里亜は助手席に座るように命じられ、セカンドシートを出月が陣取った。

典子の運転には迷いがなかった。繁華街を抜けて外堀通りを進み、溜池山王方面へと走る。

真里亜は思わず身を縮めた。早朝の三車線の道路は空いており、アスファルトは朝日に輝いている。歩道では薄着のランナーがジョギングに励んでいた。

歩道や交差点には多くの警察官が立っていた。左手の超高層ビルを通り過ぎれば、首相官邸のモダンな建物が目に入る。日本でもっとも警備が厳重なエリアだ。

地下鉄の溜池山王駅の出入口には複数の警察官が集まり、首相官邸へと続く道には、盾を持った機動隊員が睨みを利かせている。速度が出そうな黒塗りの覆面パトカーも何台か停まっていた。典子は涼しい顔をして運転を続ける。

後ろの出月に注意された。

「堂々としていろ。余計に怪しまれる」

「そんなこと言ったって」

典子はそのまま首相官邸の前を通過し、外堀通りを走行し続けた。真里亜はため息をつく。

「予定も聞かされてないんだから、このまま首相官邸にカチこむんじゃないかと思った」

「そんなことをしてなんになるんだ」

「あなたたちなら、なにをやってもおかしくないってこと。そろそろいいでしょう。プランとやらを教えてほしい。情報がなければ、私も役に立ちようがないでしょう」

出月が後ろを振り向いた。

首相官邸が遠ざかるにつれて、警察官の姿も見えなくなる。追ってくる警察車両もない。

「いいだろう。プランAはおれが撒いたファイルに再注目させることだった。あの宮口暁彦に接触したのもその一環だ」

出月は周囲を警戒しながら口を開いた。

彼は追われる身となって日本全国を転々としながらも、自分の行いや警視庁と東鞘会との無慈悲な戦いを公にしようと動き続けていたらしい。だが、暴力団取材の第一人者である宮口に接触したものの、華岡組の殺し屋に阻まれてしまった。

「次に接触を考えたのは車田拓だ。もっとも兼高ファイルに執着していた男だが、この計画は捨て去るしかなかった」

「あの人は喜んで会ったでしょうけど、彼は組特隊（ソトク）に監視されていた」

「動けば動くほど死人が増える。これ以上、犠牲者を増やすわけにはいかなかった」

出月の顔に翳（かげ）が差した。

彼の気持ちがわかった気がした。真里亜も悔やみ切れずにいる。自分がじっとしてさえいたら、町本や樺島は襲撃されずに済んだかもしれないのだ。

ワンボックスカーは外堀通りを外れ、国道1号線の桜田（さくらだ）通りを南下した。やがて東京タワーが左手に見えてくる。交差点がいくつも続くが、信号に引っかからずに進み続けて三田（みた）に入る。

真里亜は三田国際ビルを見上げた。出月の意図がわかった気がする。

「プランBは腕尽（ず）くってことね」

「さすが赤バッジの刑事だ。一から十まで説明せずに済む。降りてもいいんだぞ」

「絶対に降りない」

真里亜は自身に言い聞かせるように言った。

出月らが向かっているのは、田町（たまち）住宅と言われる警視庁の官舎だ。ごく普通の高層マンションに見えるが、すぐ隣は三田署であるうえ、住んでいるのは警察関係者とその家族だ。ワンボックスカーは官舎の前を過ぎ、百メートルほど離れた路肩に停車する。

傍には高層マンションなどが立ち並んでいるが、朝の六時前はまだ人の姿もまばらだった。三田署も官舎もひっそりと静まり返っている。

出月がボストンバッグを開けた。真里亜は目を見張った。何丁もの拳銃や弾倉が入っているのは想定内だったが、手榴弾もいくつか入っていた。さらにスタングレネードもある。

スタングレネードは各国の特殊部隊が使用する非致死性兵器だ。手榴弾のような殺傷能力こそないものの、鼓膜を破りかねないほどの音量と、百万カンデラ以上の閃光で敵を制圧する。かつて半グレが起こした殺人未遂事件の捜査で、住処を家宅捜索したところ、改造銃やこの手の兵器がゾロゾロと見つかり、真里亜たち捜査員を驚愕させたものだった。

出月はボストンバッグのなかからバラクラバを取り出した。頭から首までをすっぽり覆う目出し帽だ。真里亜も被るように手渡される。

バラクラバを手にして気が重くなった。昨夜の覆面たちの姿を思い出さずにはいられない。わずかにためらってから、意を決して被った。まるで自分がテロリストと化したようだ。

出月がサングラスを取った。双眼鏡を取り出して官舎の出入口を睨みつつ、チェスターコートのボタンを外す。

彼の懐が露になった。ショルダーホルスターを身につけ、両脇には拳銃を差していた。

左脇には小型の自動拳銃。右脇はリボルバー——制服警察官に貸与される〝サクラ〟と同型のスミス&ウェッソンＭ３６０だ。警察組織から追われる身となっても、まだ自分は警察官なのだと主張しているように見える。

出月は腰にも武器を下げていた。作業用のベルトには電気工事の作業員みたいなツールバッグを提げている。銀色に輝く重たそうなトルクレンチや何本かのドライバーを入れていた。ただの工具に過ぎないはずだが、彼が持つと妖刀のような禍々しさを感じさせる。

兼高ファイルには、出月は十四件の殺人に携わったと書かれている。

彼がもっぱら殺しの道具として使ったのは銃火器ではなく、トルクレンチやハンマーといった工具類だった。激しい音が鳴る拳銃は暗殺に向かず、刃物を扱う弟分とともに、標的を静かに始末したと告白している。

「見とれてる場合じゃないよ。あっちを見な」

典子から注意され、官舎のほうに目を向けた。

官舎に動きがあった。複数の男たちが官舎の正面玄関から出てきた。

だいぶ距離が離れているものの、それが誰なのかはすぐに判別できた。なにしろ、昨日まで真里亜を叱り飛ばしていた人物なのだから。

ミラーレンズのスポーツサングラスをかけているが、七三分けにしたグレーの頭髪と細身の体格で近田とわかった。朝のジョギングに向かうらしく、Tシャツに短パンという軽装だった。

近田はふたりの部下を従えていた。同じくスポーティな出で立ちではあった。しかし、近田とは対照的で金庫みたいな体格の大男だ。どこに所属しているのかはわからないが、護衛役の警察官と思われた。

ふたりとも、薄着の近田とは異なり、それぞれゆったりとしたパーカーやスウェットシャツを着ており、腰のあたりを裾で覆い隠している。武器を所持している可能性がある。

「前の隊長と比べたら、危機感ってもんが足らないね」

典子が冷ややかに近田たちを見つめてから、車のデジタル時計に目をやった。時計は六時ジャストを表示している。

東鞘会の攻撃を警戒し、前隊長の阿内は家族と別れ、住処を転々と変えていたという。阿内ほどではないにしろ、近田も充分注意していると言っていい。彼らは官舎の敷地から出ると、歩道でストレッチを始めた。ふたりの護衛は足の腱や背筋を伸ばしながらも、あたりに目を光らせていた。異様に発達した筋肉と眼光の鋭さからして、警備部あたりにいた護衛のプロかもしれなかった。

近田たちがストレッチを終え、三田署方面へと走りだそうとする。

「さて、やろうかね」

典子がエンジンをかけると、シフトレバーを動かした。真里亜が声をあげた。

「ここで?」

出月がトルクレンチを抜き出した。

「やつはランニングコースを日によって変える。どのみち、ここより人の目も交通量も多い。ここで決める。お前はパーカーのほうをなんとかしてくれ。銃を突きつけるだけの簡単な仕事だ」

「そんな――」

出月たちは有無を言わせなかった。

典子はアクセルを全開で踏み込み、ワンボックスカーがエンジンを唸らせた。車が歩道に乗り上げてから、急ブレーキをかけて近田たちの行く手を阻む。

近田と護衛たちが顔を凍てつかせた。出月が車のスライドドアを開け放って外へ飛び出すと、スウェットシャツの護衛にトルクレンチを振り下ろす。

肉を打つ重たい音がした。トルクレンチがスウェットシャツの肩を打っていた。その速さは凄まじく、銀色の稲妻が落ちたかのようだった。スウェットシャツの護衛は苦しげに膝を折り、身体のバランスを崩して仰向けに倒れる。

真里亜は助手席を降り、出月の後に続いた。パーカーの護衛が裾をめくって、ベルトホルスターに手を伸ばしている。

「動かないで」

真里亜はコルトパイソンをパーカーの護衛に突きつけた。撃鉄を起こす。

吐き気がこみ上げてきた。実銃とは十年以上のつき合いになるし、危うい犯罪者とも数え切れないほど出くわしたが、拳銃を抜く機会はなく、銃口を人に向けたことは一度もない。まさか同じ警察官に突きつける羽目になるとは。

パーカーの護衛は恐怖に戦いていた。銃口を向けられるのは初めてなのだろう。4インチのコルトパイソンという大型拳銃が、より一層身をすくませているのかもしれない。典子がコルトパイソンというゴツいリボルバーを真里亜に渡したのは、こうしたシチュエーションを想定してのことかもしれなかった。

「なんてことだ……」

近田がうめいて三田署へ走りだそうとした。

しかし、それよりも早く出月が動いた。草食動物を捕えるライオンのように背後から近田の首に左腕を回した。

近田が短くうめき声を漏らした。その場に崩れ落ちる。出月がトルクレンチの柄で、近田の右脇腹を突いていた。肝臓を殴打された近田は、腹を押さえて苦悶の表情を浮かべる。

出月はトルクレンチをツールバッグにしまい、苦しむ近田を背中から両腕で抱え、ワンボックスカーへと引っ張る。恐ろしいほど手慣れていた。

倒れていたスウェットシャツの護衛が、いつの間にか服の内側に手を突っこんでいた。

シャツの裾をめくって、ショルダーホルスターの自動拳銃に触れようとする。

「動くなと言ったでしょう」

真里亜は唇を嚙んだ。スウェットシャツの護衛に全力でキックを見舞う。

つま先が鳩尾に入り、彼は身体を丸めてうめいた。手加減などすれば、かえって凄惨な銃撃戦になりかねない。

出月が車の荷室に近田を放り込んだ。荷室で待機していた典子が、近田の手首と足首に手錠を嵌めて身柄を拘束する。

ワンボックスカーは商用に使われるタイプで、荷室はダブルベッドがすっぽり収まりそうなほどの幅と奥行きがある。三人の男を収容するには充分だった。

「お前らもだ。乗らないやつはここで死ぬ」

出月はトルクレンチを振って、護衛たちに荷室へ乗るよう指図をした。

真里亜はパーカーの護衛にコルトパイソンを振ってみせる。出月よりもさらに大きな体格で、そのくせ筋肉は引き締まっている。ほんのわずかでも隙を見せれば、襲いかかられて拳銃をもぎ取られかねない。

パーカーの護衛は大量に汗を搔きながら、なんとか綻びを見つけ出そうとせわしく目を動かしていたが、出月にリボルバーを突きつけられると、両手を上げて自らの足で荷台へと乗りこんだ。

出月がまとう殺気には、屈強な警察官をも屈服させる力がある。彼はスウェットシャツの護衛から自動拳銃を奪い取り、胸ぐらを摑んで無理やり立たせると荷室へと放り込んだ。

荷室の典子が彼らにも手際よく手錠をかけ、ポケットから持ち物を抜き取ってセカンドシートに放る。

「戻れ」

出月が車のバックドアを閉め、スライドドアからセカンドシートへと戻る。真里亜も助手席へと引き返した。

典子は座席をまたぎ、車内を移動して再び運転席に座った。彼女がハンドルを握って車を移動させる。

真里亜は車内のデジタル時計を見やった。たった二分しか経っていない。永遠と思えるほど長く拳銃を突きつけていたような感覚に陥っていた。朝の気温は十三度とかなり冷えこんでいたが、バラクラバや下着が汗で肌に張りついていた。

真里亜はあたりに注意を払った。とくに人の姿は見当たらず、誰かに見とがめられた様子もない。それでも確かめずにはいられなかった。

出月はボストンバッグから小さなポーチを三つ取り出した。近田や護衛たちから奪ったスマホをしまいこむ。電波を遮断させるポーチのようだ。本来は車のリレーアタックによる盗難や、クレジットカードのスキミングから守るためのものだ。彼らから奪った武器はボストンバッグにしまう。

全員を乗せたワンボックスカーは、三田署の前を通過して北上した。第一京浜をさらに北へと走らせる。

カーナビも出月の指示もないが、典子はどこか目的地に向かっていた。近田の拉致を成功させるため、周到に計画を練っていたものと思われた。本来は町本あたりとやるつもりでいたのかもしれない。百戦錬磨の彼女もひどく緊張しているらしく、ハンドルは汗まみれだ。

護衛たちが悲鳴を上げた。真里亜は後ろを振り向いた。

「なにをしてるの！」

出月が荷室に移動していた。荷室は男たちでいっぱいになり、護衛たちが身を縮める。彼はツールバッグからマイナスドライバーを抜き出して逆手に握っていた。

それはただのマイナスドライバーではなかった。全長約四十センチにもなる長大なサイズで、先端は刃物のように鋭く加工されてある。

出月はバラクラバを取り去った。近田たちに見せつけるように、片目だけになった顔を露にする。

「会いたかったよ。近田署長。今は悪の組織犯罪と戦う組特隊の隊長様だったな」

助手席にいる真里亜からは表情が見えないが、彼からあふれ出る怒気のために、車内の温度が上がった気がした。

近田がガチャガチャと音を鳴らした。右手首と右手足を手錠で繋げられ、身体をくの字に曲げていた。護衛ふたりは出月の怒りに圧倒され、顔を強ばらせるだけだった。

近田が出月を睨みすえた。彼もまた肝の据わった男だった。凶器を突きつけるキラーを前にしても、怯えを見せまいと歯を食い縛っている。

「出月。これ以上……罪を重ねるな」

「罪？」

出月は近田の胸ぐらを摑んだ。

「おれがしてきたことが罪だと。だとすれば、それを命じてきたお前はなんだ。どうしてシャバででかいツラをしている。知っているぞ。美濃部の威光を笠に着て、大所帯となった組特隊で肩で風を切って歩いているそうじゃないか。退官となった暁には、大企業にでも天下って、善良な市民面をしながら左うちわで老後を過ごすんだろう。ふざけやがって。どうして木羽や阿内のようにくたばらない」

近田の目にマイナスドライバーを近づけた。その先端は怒りで震え、今にも眼球を抉り出しそうに見える。さすがの近田もマイナスドライバーから逃れようと、顔を汗まみれにしながら必死に首をねじる。

「お前の罪は……殺しじゃない。墓場まで持っていくべき秘密を、あんな愚かなやり方で公にしたことだ。そのおかげで何人の犠牲を出したと思う。恨むのなら自分の愚行を恨め」

出月は声を詰まらせた。

「なぜだ……なぜおれの親まで殺った。おれが潜ったことも、警視庁から逃げたことも、なにひとつ知らなかった。保秘の名を借りて、お前たちは無関係な市民まで殺してきた。おれが殺ってきたのは、イカれた悪党たちだけだ」

「だったら、悪党のおれを殺すんだな。殺した余韻に浸ってマスでも掻け」

出月は近田の挑発に乗った。

彼は左手で近田の首を鷲摑みにすると、思い切り力をこめていた。指が皮膚に食いこみ、近田の顔が真っ赤になっていく。

パーカーの護衛が止めに入ろうと、手錠で手足を縛められながらも、出月に肩からぶつかった。しかし、不充分な姿勢で出月を制止できるはずもなく、マイナスドライバーの柄で顔を殴り払われた。パーカーの護衛は一回転してバックドアに頭を打ちつけた。

近田は首を絞められながらも喋るのを止めなかった。

「おれや阿内が……どうしてお前を選んだと思う。正義感に燃えているからでもなく、出世欲が強いからでもない。ひとりでも多くの人間を血祭りに上げたいと願う殺戮欲に凝り固まった異常者だったからだ」

「クズ野郎が」

出月がさらに力を加えた。近田は声も出せずにもがき苦しむ。真里亜はたまらず出月にコルトパイソンを向ける。

「止めて！　犠牲者を増やすわけにはいかないって言ったじゃない」

出月は無視して絞め続けた。近田が口の端に泡を溜め、出月の左腕を掻きむしる。アンモニアの刺激臭が鼻に届いた。近田が失禁したようだった。もはや限界だ。真里亜はトリガーに指をかける。

運転席の典子が真里亜の膝に手を置いた。典子は小さく首を横に振る。真剣な眼差しで訴えてきた――出月を信じろと。

出月が近田から手を離した。近田は床に崩れ落ちて、護衛たちにもたれかかる。

近田が苦しげに咳き込むのを見て、真里亜や護衛たちは大きく息を吐く。彼の首には指の痕がくっきりと残っていたが、かろうじて生きてはいる。危うく出月に銃弾を放つところだった。

暴力団員に化けていた出月が、殺人だけでなく拷問のプロとして重宝がられていたのを思い出した。

ワンボックスカーがガタンと揺れた。窓に目をやった。高級ホテルや飲食店が入った芝の高層ビルだ。ビルの地下駐車場へと進み、スロープを下っていく。朝日に照らされた地上から、闇の地下空間へと向かう。

地下駐車場はかなり広かった。変わった形の外車や高級車が停まっているものの、人の姿はまったく見当たらない。典子は空いた一角にワンボックスカーを停めた。

出月は近田の首を摑んだ。マイナスドライバーの先端で、近田の頬をなぞる。カミソリのような鋭い切れ味で、近田の皮膚が切り裂かれ、彼の顔が血で染まっていく。

近田が顔を歪めながら真里亜に吠えた。

「神野！　覆面をしていてもなんの意味もない。なぜお前がこの場にいて、人殺しと行動をともにしている。お前は犯罪を憎んで今日までがむしゃらに働いてきたんじゃないのか？」

真里亜は彼の質問には答えなかった。しばし沈黙した後に訊き返す。

「町本さんと樺島さんはどうなったのですか？」

自分でも驚くほど冷ややかな声が出た。コルトパイソンを近田に向ける。

「な、なんのことだ」

近田は怪訝な顔つきになった。

彼ほどの老練な男であれば、容易に腹の底を見せたりはしないだろう。しかし、命を脅かされた異常事態では、反応を見破ることは難しくない。ふたりの運命を知っていると、しっかりと顔に書いてあった。

「あなたと出月、どちらが信じるのに値するのか。答えるまでもないでしょう。これほど……人に殺意を抱いたことはありません」

「バカが、警視庁に戻れると――」

出月はマイナスドライバーを近田の耳の穴に入れた。近田が身体を硬直させる。

「東鞘会に出向させてもらったおかげで、覚えたくもない技をいくつも会得した。こいつをどこまで突っこめば、人の鼓膜が破れるのか。もっと奥に突っこめば、三半規管を破壊できるのかを。歩くことすらままならない人生を送りたいか」

「か、勘弁してくれ。おれは――」

出月はゆっくりとマイナスドライバーを近田の耳へと入れていく。近田の目から涙があふれる。

真里亜の歯がカチカチと鳴った。出月は警視庁四万六千人のなかから選ばれた魔人だ。その圧倒的な激情が伝染して、真里亜までもが理性を切り崩されそうになる。

それでも――。

「止めて！」

真里亜は叫んだ。

出月はゆっくりとマイナスドライバーを引き抜いた。近田が疲れ切ったように身体を脱力させる。瞳（ひとみ）に精気はなく、ぜいぜいと肩で息をしている。

出月はマイナスドライバーの先端を近田に突きつけたままだ。頸動脈（けいどうみゃく）があるあたりだ。

「お前ら組特隊（ソトク）は、大前田の居所をどこまで摑（つか）んでいる」

「大前田だと……」

出月は黙って質問に答えろと言わんばかりに、マイナスドライバーを食いこませた。

近田の首の皮膚が切れて血がにじみ出す。

「あのくたばり損（ぞこ）ないの極道に、今さらなんの用だ」

「大前田……」

真里亜も小さく呟いた。

大前田忠治こと枝学は東鞘会の三羽ガラスの生き残りだ。東鞘会の立て直しに奮闘していたが、半年前に華岡組系のヒットマンに襲撃されて以来、行方を眩ましている。

出月はなおも尋ねた。

「まだとぼけるつもりか。十朱の正体やお前らの悪行をすべて知る男だ。華岡組も使って、なりふり構わず捜しているんだろう。どこに潜んでいる」

近田の喉が大きく動いた。

「やつは……アジトを頻繁に変えている。我々が摑んだ最新情報では、昨夜まで相模湖の湖畔に潜んでいると」

「訓練場か」

近田がうなずいた。

真里亜は出月の意図を理解した。兼高ファイルを公表することで警視庁と東鞘会の暗黒を暴露しようと試みたが、大物ジャーナリストの宮口をも消されてしまった。

彼が描いたプランBとは、まだ消されずにいる生き証人たちを確保することだ。この近田も含めて。

近田はマイナスドライバーを突きつけられたままだった。Tシャツはすでに真っ赤に染まっている。

「華岡組には？」

「知らせた。例の連中が動いてるはずだ」

　出月が近田を突き飛ばした。

　近田が護衛たちにのしかかる。彼らは血と小便まみれになった。近田が唇を震わせる。

「出月、お前のしていることは蟷螂の斧に過ぎんぞ。兼高ファイルの二の舞だ。警視庁は一度クロいものをシロと言い切った以上、なにがなんでもシロと言い張る。お前がどれほど生き証人をかき集めたところで警察は小揺るぎもしない。誰も暴力団員の言葉なんぞに耳を傾けもしない。たとえ美濃部警視総監の身柄までさらえたとしても、こんな拷問まがいの行為で口を割らせた証言に価値はない」

「同じ轍を踏むつもりはないさ」

　出月は典子に目配せをした。

　典子がライトスイッチをつまんだ。ライトをパッシングさせる。約二十メートルほど離れた位置に停車していたミニバンが動き出した。

　ミニバンは真里亜らのワンボックスカーの隣に停まった。真里亜はとっさにコルトパイソンをブルゾンの内側に隠した。典子に訊く。

「何者？」

「これ」

　彼女は指でマルの形を作ると額に掲げた。警察官というジェスチャーだ。

　ミニバンから降り立ったのは、五十代くらいの小柄な男だった。見たことのない顔だ。

小柄な男はオールバックにしているが、ほとんど頭髪はなく、地肌が丸見えだ。だいぶくたびれた濃紺の背広に、襟のよれたワイシャツを着ていた。目つきはぼんやりとしていて捉えどころがない。組特隊の人間と同じ臭いがした。典子の答えが正しければ、おそらく公安出身者と思われる。貧相な印象さえするが、部下と思しき出動服の若い男をふたり連れていた。出動服の男たちはバケツとブラシを手にしている。

小柄な男がワンボックスカーのバックドアを開けた。近田が男を見てうめく。

「納見……」

納見と呼ばれた男は鼻をつまみ、出月に声をかけた。

「臭うぞ。派手にやったな」

「紳士的な尋問だ。骨も折っていなければ、指ひとつ切り落としていない」

出月はボストンバッグからタオルを取り出した。マイナスドライバーについた血を拭い取った。

あれが納見一久か。真里亜は心のなかで呟いた。実物を見るのは初めてだが、噂には聞いていた。公安畑から警務のエリートコースを進み、今は人事一課の監察官のはずだ。監察官は〝警察のなかの警察〟と呼ばれ、警察職員服務規程や規律違反が疑われる者に対する調査を行い、内部の人間への取り締まりを行う。警察という村社会ではひたすら煙たがられ、蛇蝎の如く嫌われる存在だ。

なかでも納見は警視庁きってのサディストと陰口を叩かれている。所轄署員から〝空爆〟と呼ばれる随時監察を頻繁に行い、仲間を痛めつけるのに喜びを見いだしているとさえ噂されていた。

近田が納見に吠えた。

「て、てめえはなにをしているのかわかってんのか！　警視庁の一員だろうが。組特隊に弓引いて無事で済むと思ってんのか。警視総監に楯突くって意味だぞ」

「吠えるじゃないか、近田先輩。まるで平家にあらずんばなんとやらだな。よく心得ているよ。だから、こうして地下でネチョネチョと動いている」

納見が近田の腕を摑んだ。貧相な体格のわりに、相当な腕力の持ち主のようだった。

「監察官が人殺しと手を組むとはな。世も末だ」

「人殺しはあんたもだろう。さっさと出て来い」

納見が荷室から近田を引っ張り出した。

近田の護衛は自ら率先して外に降りた。彼らは出月から一刻も早く離れようと、自分から外へと転がり落ちた。納見の手により、近田たちは隣のミニバンに押し込められた。

納見の部下たちが荷室に入り、血と小便で汚れた床を掃除し始めた。出月は荷室を離れてセカンドシートに移動する。近田の血と小便がついたのか、タオルで衣服や靴を拭いた。

納見はワンボックスカーに乗りこむと、出月の隣に座る。

「その様子だと吐かせたようだな」

「相模湖の湖畔だ。かつて喜納組の企業舎弟が抱えていたアジトがある。今は東鞘会のものだ。これから向かう」

納見が粒ガムを口に放った。車内に充満していた血とアンモニアの臭いが、ミントの香りに取って代わる。

「いるものは？」

「防弾ベストを三つ」

納見が真里亜を見やった。

「彼女を連れていくつもりか」

出月が真里亜に訊いた。

「ついてくるだろう？　否が応でも真実に近づくことができる。刑事冥利に尽きる仕事だ」

「もちろん。だけど、危険な仕事でしょう。今の人さらいとは比べものにならないほど。本来ならフル装備の特殊部隊が向かわなきゃいけないはず」

真里亜は納見の顔を睨んだ。どうしても表情が険しくなってしまう。

納見が苦笑した。

「出月にばかり危険な仕事を押しつけて、お前は安全地帯で高みの見物かと言わんばかりだな」

「じっさい、そうでしょうが」

「返す言葉もない」

納見はボストンバッグに手を突っこんだ。近田たちのスマホが入ったポーチや拳銃（けんじゅう）を手にしてワンボックスカーから降りた。彼の部下たちも荷室の掃除を終えると、無言のまま隣のミニバンへと姿を消す。

納見は出月の希望どおり、ミニバンから防弾ベストを運び入れた。彼は真里亜に深々と頭を下げる。意外な行動だった。

「出月を頼む」

納見はミニバンに乗りこむと、急（せ）いた様子で地下駐車場を走り去っていった。

出月から防弾ベストを手渡された。真里亜はブルゾンを脱いで、防弾ベストを着こむ。これからもっと危うい場所へ向かうというのに、不思議と精神は落ち着きつつある。鬼のような出月の姿を目の当たりにして、心が麻痺（まひ）してしまったのかもしれない。

真里亜はブルゾンを着直した。

「監察官があなたの逃亡を手助けしていたのね。町本さんを通じて」

「あいつも〝連絡員〟のようなものだ。一介の監察官が数千万円もの大金を、警視庁（カイシャ）の上役たちに知られずに動かせるはずもない」

「だとすれば、警察庁……」

「警察庁（サッチョウ）の長官官房長様だ。美濃部ら国木田派とは反目（ハンメ）の立場でいらっしゃる」

真里亜は息を吐いた。

町本からセカンドバッグを預かったときから、警視庁以外の組織の関与を考えてはいた。

現在の警察庁の長官官房長が誰なのかは知らないが、とにかく警察組織の雲の上にいる人物なのは確かだ。

警察庁長官官房は警察庁の内部部局の筆頭局だ。各都道府県警の予算と人事を握り、警察行政に関する企画や立案を担う警察組織の中枢にあたる。

官房長は長官や次長に次ぐナンバー3の座であり、近年は官房長が次長の役職を経て、長官の椅子に座るのが慣例となっている。言うなれば、次世代の警察庁長官候補が、納見や町本を通じて出月を動かし、美濃部一派に攻撃を仕掛けているのだ。

真里亜は出月を見つめた。

「雲上人の政争に巻き込まれて、あなたは危険で汚い仕事を押しつけられてる。それで構わないの?」

「それ以外に道はない。それに、おれはもう駒じゃない。己の意志で連中と組んだ」

典子が車のエンジンをかけた。

「みんな、それぞれ事情を抱えているのさ。危険なのは私らだけじゃないってことは、町本のアパートにいたあんたが一番知っているだろう。納見だっていつ消されるかわかったもんじゃない。それでも、引き受けたのには理由があったのさ」

典子の話によれば、納見が公安二課の係長だったころ、まだ一介の所轄の刑事だった木羽の才能を見抜き、公安二課へと引っ張ったのだという。

公安戦士としてのイロハを彼に叩きこむと、木羽は瞬く間に才能を開花させた。結束の固い過激派の内部に情報提供者を作り、自身も過激派のメンバー一員として潜り込み、ついには四十年もの地下生活を送っていた重要指名手配犯を発見するに到った。

大手柄を立てた木羽は、当時の組対部長だった美濃部に見込まれ、組特隊の隊長に抜擢。木羽は是安という男を発掘し、十朱として東鞘会に送りこむことになる。

典子がアクセルを踏んだ。

「納見は責任を感じてるんだろうね。部下だった木羽をもっとしっかり育てていれば、こんなバカげた事態は起きなかったかもしれないと」

出月が天井を見上げた。

「誰も彼もが私情絡みだった。阿内も是安も」

「あなたは？」

真里亜が尋ねた。出月は首を横に振るだけだった。

「長話をし過ぎた。急ごう」

ワンボックスカーは地下駐車場を出た。地上へと続くスロープを上る。暗闇に慣れた目には朝日が眩しすぎた。

11

ワンボックスカーは相模湖インターチェンジを降りた。料金所を通過して曲がりくねった山道を下る。

国道20号線に合流した。秋は紅葉で賑わうとはいえ、まだその時季ではなかった。国道の両側に生い茂った木々の葉は色づき始めたばかりだ。

地図上では道路のすぐ横に相模湖があるはずだったが、木々に覆われていてなかなか見えてこない。典子たちの話によれば、大前田が潜んでいるというアジトは近くにあるという。こちらもまだ視界に入ってはこなかった。

「ちょっと停めてくれるか？」

出月が典子に頼んだ。

「あいよ」

民家すらあまり見かけないような山道だったが、湖側に古めかしい喫茶店があった。ドライブインみたいに駐車場が広く、停める場所には事欠かない。

典子は喫茶店の駐車場に車を停めた。彼女はルームミラーに目をやった。

「顔色がよくないよ、梧郎。具合でも悪いのかい」

「車に酔っただけだ」

「つまらない嘘はよしな。昔の仲間に会うのが怖いんじゃないのかい？」

出月は不快そうに顔をしかめて否定しようとした。しかし、なにか思い返したようで、息を吐いてうなずいた。

「ああ……そのとおりだ」

彼はボストンバッグに手を伸ばした。

新聞紙に包まれた小さな塊を取り出す。新聞紙の包みを解くと、なかからショットグラスが出てきた。真里亜が訊いた。

「それは？」

「兄弟盃だ。兼高として潜っていたときのな」

真里亜は兼高ファイルを思い出した。

神津組に兼高として潜伏していた彼は、氏家勝一に命を狙われていた会長の十朱の護衛を任された。勝一との苛烈な戦いを経て、熊沢組や鞘盛産業から派遣された仲間たちと友情を結ぶと、寝酒用のウイスキーを御神酒に見立てて兄弟盃を交わしたという。

その仲間たちも多くは命を落とし、あるいは兼高によって殺害された。現在まで生き残っているのは、鞘盛産業の本並一泰のみだ。本並は元プロボクサーの腕利きだという。

「本並がこの先にいるのね」

「おそらく。警察に逮捕されたという話も聞いていなければ、華岡組に身柄をさらわれたという情報もない。大前田の組織では一番の精鋭で、護衛のやり方も心得ている。大前田と行動をともにしているはずだ」

典子が後ろを振り返った。

「鞘盛産業だって、この一年で構成員はガタ減りしただろう。組織を抜けたかもしれないよ」

「それはないな」

出月は即答して続けた。

「みんな一本気な忠義者だったんだ。おれ以外はな。本並にとって大前田は実の父親以上の存在だ。その大前田もまだ生きているというのなら、あいつは絶対に足抜けなんかしない」

出月はショットグラスを見つめていた。

その表情は昔を懐かしんでいるようにも、憂いに沈んでいるようにも映る。一年以上に及ぶ逃亡生活でも、ショットグラスを肌身離さず持っていたのだ。彼がかつての兄弟分に強い思いを抱いているのが察せられる。

出月は思いを断ち切るように数秒間目をつむった。それからショットグラスを再び新聞紙に包む。

「姐(ねえ)さん、待たせたな。大丈夫だ」

真里亜はコルトパイソンを抜き出した。銃身を握って出月にグリップを向ける。

「私には大きすぎる。あなたのスミス&ウェッソンと交換してほしい。そっちのほうが慣れている」

　出月は真里亜の顔をじっと見つめた。しばし間が空いてからベルトホルスターに手を伸ばす。

「いいだろう」

　出月から代わりにスミス&ウェッソンM360を受け取った。

　小型で銃身も短く、五発しか装塡(そうてん)できないものの、やはり慣れ親しんだ〝サクラ〟と同型だ。手にしっかりと馴染(なじ)んだ。グリップをしっかり握って出月に告げた。

「あなたや本並を守る。大前田も」

「おれたちを？」

　出月は虚をつかれたように右目を見開いた。鼻で笑われるかと思ったが、彼は表情を引き締めてうなずく。

「それならもっと持っておけ。たった五発だけじゃ、自分の身すら危うい」

　出月はチェスターコートのポケットに手を入れ、金色の弾薬をつかみ出した。

　38口径の弾を手渡された。十発分はある。人殺しの道具を分け与えられ、真里亜の気分は複雑だったが、無駄死にするわけにはいかないと己に言い聞かせて受け取った。

　典子がワンボックスカーを再び走らせ、喫茶店の駐車場を離れて国道に戻る。

　すぐに目的地が見えてきた。トンネルの手前に脇道があり、〝空室〟と〝満室〟を示すロードサイドのラブホテルらしき看板があった。

塗料用スプレーで何重にも落書きされ、何十年と放置されているために色が剝げている。

脇道の私道は大きなトラックも行き来できるほど広い。しかし、看板と同じく風化や傷みが進んでおり、アスファルトのあちこちがひび割れて雑草が生えている。山の草木も伸び放題で、ガードレールにはツタがびっしりと絡んでいる。

私道の先に建物の一部が見えた。バブル期に建てられたリゾート型のラブホテルで、西洋の城を思わせる外観のピンク色のビルが建っている。

最上階の八階にはレストランと大浴場があったらしい。存在感を主張するように神殿みたいな造りになっており、大きな窓ガラスが嵌めこまれていた。きっと相模湖が一望できるのだろう。バブル崩壊とともに経営破綻を起こし、この野心的な宿泊施設は約三十年も放置されたままとなった。

出月によれば、所有者は次々と替わって、約六年前までは喜納組の企業舎弟である不動産会社が持っていた。

喜納組はこの廃墟を秘密訓練場に改造。和鞘連合の攻撃部隊として東鞘会と激しい抗争を繰り広げていたときは、米軍の特殊部隊にいた元軍人を教官として招き、組員たちを鍛え上げていたという。

喜納組が抗争に敗れてからは、またさらに所有者が替わり、現在は鞘盛産業のアジトとなっている。

かつては肝試しで訪れる悪ガキや廃墟マニアが勝手に出入りしたらしく、行く手を防ぐように高さ三メートルはありそうなバリケードの鋼板が設けられていた。鋼板のうえには鉄条網まで張り巡らされている。

真里亜は目をこらした。

「あれは……」

「近田の言うとおり、もう先客が来てるみたいだよ」

典子が指を差した。

バリケードの前に黒い大型ＳＵＶが一台停まっていた。なにわナンバーであることから、乗っていたのは関西絡みの人間のようだった。バリケードには伸縮性のハシゴがかけられてあり、人が乗り越えた形跡がある。

――逃がさへんぞ。

町本のアパートを襲った者たちの声が蘇った。

真里亜の身体が意思に反して震えた。急に動悸が激しくなる。彼女は首を横に振り、連中の声を振り払って腹をくくる。

「急ぎましょう」

己を鼓舞させるように呼びかけた。

車が私道に入った。典子がＳＵＶの隣に停車させた。真里亜と出月が同時にＳＵＶに拳銃を向ける。しかし、ＳＵＶには誰ひとり乗っていない。

真里亜たちは全員バラクラバをかぶって顔を覆った。拳銃や防弾ベストなどの装備品を確かめてからワンボックスカーを降りる。

出月が真っ先にハシゴへと飛びついた。大男とは思えない身軽さで、猿のごとくハシゴを駆け上る。

出月がハシゴの先にたどり着き、ラブホテルの敷地内を見渡した。即座に彼の表情が張りつめる。

彼は小声で真里亜たちに知らせた。

「死体が二体。先に降りて確かめる」

真里亜はうなずいた。もう驚きはない。近田がこのアジトを打ち明けたときから死の臭いを嗅ぎ取ってはいた。

出月がツールバッグからニッパーを取り出した。手際よく鉄条網を切断して取り除く。人ひとり通れるだけの空間を作り出すと、彼は鋼板を乗り越えて敷地内へと入った。

「あれを見なよ」

典子が木を見上げた。バリケードの横から生えている大木で、私道の上を覆うように伸びている。

大木の幹にはトレイルカメラがくくりつけられてあった。カモフラージュのために茶色く塗られている。典子が指摘してくれなければ気づかなかった。

トレイルカメラは、侵入者を見張るために設置されたものと思われたが、遠目からでもわかるほど無惨に破壊されていた。頑丈そうなカバーが砕かれ、基板が露になっている。コードのついたレンズが垂れ下がっており、眼窩から飛び出した眼球を思わせる。

典子はツタの絡んだガードレールも指さす。ツタの葉にまぎれて、緑色に迷彩を施した隠しカメラが設置されていた。こちらも同様に壊されており、小さなサイズのレンズはひび割れて白く濁っている。

「生駒たちですか」

「多分ね」

臆してなるものか。真里亜は壊れたカメラを睨んだ。連中が魔物じみた実力を持っているのは充分承知している。相模湖に来るまで、連中の仕事を出月から聞き出していた。東鞘会の六代目会長だった神津太一の殺害も、豊中たちの犯行である可能性が高いという。殺した人間の数は出月でも把握しきれないほどだとのことだった。

己の血に浸かって倒れていた宮口や、鋭い足刀を浴びた町本を想った。殺人を仕事のようにこなす危険人物を野放しにしておくわけにはいかない。

鋼板が音を立てた。敷地内に飛び込んだ出月がノックで知らせてくれた。真里亜もハシゴを登り、鋼板の上から敷地内を覗く。

敷地内には広々とした駐車場があった。バリケードの外とは異なり、雑草はしっかりと刈り取られ、アスファルトを舗装し直した形跡がある。

ツタも駐車場やビルまでは及んでおらず、周りの樹木も無秩序に枝を伸ばしているように見えるが、ある程度は剪定がなされている。この場所が放置などされず、メンテナンスが施されている証が見て取れる。

アスファルトの上には、出月が言うとおりふたりの男性が倒れていた。

ひとりは駐車場の真ん中でうつ伏せで倒れている。スキー用のフェイスマスクに作業着という見覚えのある姿だ。生駒と豊中ではないが、町本のアパートを襲った華岡組の殺し屋と思われた。顔や胸に銃弾を浴びたらしく、己の血で衣服を赤く染めたまま動かなかった。ライフル弾のような威力のある弾丸に身体を貫かれたらしく、作業服の背中の生地が破れ、肉片をまき散らしている。

もうひとりは黒のジャージを着た暴力団員風で、建物の近くで二連式散弾銃を抱えたまま仰向けで倒れている。こちらは喉を刃物で掻き切られたようだ。血の池にどっぷりと浸かっている。頭をツーブロックに刈り、肌を小麦色に焼いていた。鞘盛産業の社員だろう。

出月が敷地内を見渡してから真里亜を手招きした。真里亜は鋼板を乗り越え、敷地内へと飛び降りた。膝のクッションを使って、固い地面に降り立つ。真里亜は出月とともに、続いて鋼板を乗り越える典子を下から受け止めた。

「静かね」

真里亜は呟いた。出月はジャージの男を顎で指した。

「嵐の前の静けさだ」

死体をより近い距離で確かめると、ともに死亡して間もないとわかった。死後硬直はまだ始まっておらず、流れた血も凝固しきっていない。まだ戦いは始まったばかりのようだ。

そのときだった。建物のほうで凄まじい爆発音がした。空気がビリビリと震え、埃混じりの爆風が吹きつけてくる。何者かがホテル内で爆発物を起爆させたのだ。

出月の言葉を裏づけるように銃声が轟きだした。真里亜たちは頭を低くした。乾いた拳銃の発砲音と思しき音から、ライフルのように尾を引くような重い音まで様々だ。

出月が目で尋ねてきた——行けるかと。真里亜は目に力をこめてうなずく。典子も親指を立てる。

腰を屈めながら、落書きだらけの建物の玄関口へと近づいた。本来は木製の合板で出入口は塞がれていたらしい。

出入口の前には引き剝がされた釘付きの合板が落ちていた。バールで引き抜いた痕があり、華岡組の殺し屋はこの玄関口から侵入したものと思われた。出入口の上部で監視カメラが睨みを利かせていたが、やはりこちらも叩き壊されていた。

真里亜はビルの陰に隠れて両手で拳銃を握った。今さらバラクラバで顔を隠すよりも防塵用のゴーグルやマスクが欲しかった。埃が目に入り、涙で視界がぼやける。何度も瞬きを繰り返す。

玄関口からホテルの内部を見やった。埃で屋内の空気が茶色く濁っている。人の姿は見当たらない。出月とともにホテルのなかへと入る。

一階のロビーフロアは天井が高く、中央にはヨーロッパ風の石造りの泉があり、アフロディーテ像や小便小僧が立っていた。現在は水を湛えてはおらず、泉はカビと埃で黒く汚れ、像には卑猥な落書きがされていた。

ラブホテルだったわりには、シティホテルのようにしっかりとしたフロントのカウンターもあり、カップルがくつろぐための椅子やテーブルがあった。かつてはこの椅子から巨大な窓ガラスを通して、相模湖を眺められたのかもしれない。その窓ガラスも経年劣化で白く濁り、外の風景はろくに見ることができない。

しかし、駐車場のアスファルトが舗装し直されていたのと同じく、ところどころで手を加えられた痕跡が見られた。カーペットは比較的新しいものに替えられており、汚れはさほど見られなかった。フロントには複数の液晶型モニターとパソコンが設置されている。何者かが敷地の周囲を見張っていたらしい。モニターは銃弾を撃ち込まれて、監視カメラと同じく壊されていた。

テーブルには、真新しいビールやチューハイの空き缶が置きっぱなしだった。ここに人が潜んでいるのは確かなようだった。

ロビーの奥には階段があった。爆発があったのはその地下の部屋と思われた。白煙がもうもうと立ち昇っており、銃声が鳴り響いている。天井からぶら下がっている案内板には、矢印つきで〝遊戯室〟と記されてあった。

真里亜たちはうなずきあった。出月はバリケードを越えたときから右手にコルトパイソンを握っていたが、左手にも自動拳銃を握る。

階段へと歩を進めた。地下はさらに視界が濁っており、火薬の臭いが鼻の奥に突き刺さる。出月が先に階段を下りた。

「誰か……誰か。兄貴が――」

若い男のうめき声が頭上から聞こえた。浅い呼吸を繰り返しながら助けを求めている。

真里亜は出月に提案した。

「二階にもいるみたい。私は上を見てくる」

出月はうなずいた。

「生き残れ、神野真里亜」

真里亜は一段抜かしで階段を駆け上がった。

「ここは……」

二階もまたラブホテルの面影を残したインテリアになっているかと思っていたが、ガラリと雰囲気が変わっている。

大きな改築がなされたようで、総合格闘技のジムみたいだった。床の半分にはウレタン製のマットが敷きつめられ、何本ものサンドバッグが吊(つ)されていた。本格的なジムに置いてあるようなトレーニングマシーンがいくつも設置され、壁際にはダンベルがずらりと並べられている。

そのトレーニングルームの床も血で汚れていた。火薬と埃臭さに、血液と排せつ物の臭いが混じる。

真里亜は目を見張った。階段の近くにスーツ姿の若い男が仰向けに倒れている。助けを求めていた男のようで、外で倒れていたジャージのヤクザ風と同じく、血の池に浸かっている。大腿動脈を切られたうえに、腹を刺されたらしく、傷口からあふれ出そうになる臓物を押さえていた。

若い男に駆け寄り、ブルゾンのポケットからハンカチを取り出す。しかし、すでに男の息は止まっていた。瞳孔が開いていき、表情からは力が失われていく。彼の両瞼に触れて目を閉じてやる。

トレーニングルームでは、ふたりの男が激しい戦いを繰り広げていた。

真里亜は目をこらす。ひとりはフェイスマスクの男だ。町本に強烈な横蹴りを見舞った豊中という腕利きと思われた。刃物を得意としているらしく、全長二十センチはありそうなブラックブレードのシースナイフで、ダークスーツの男を血まみれに切り裂いている。

豊中と対峙しているのは小柄な男だ。両腕を上げてファイティングポーズを取り、上体を縦横に揺すぶりながら、シャープなパンチを放っている。ボクサーらしい動きと姿から、出月の兄弟分だった本並と思われた。

本並も刃物で対抗していた。素手で立ち向かっているように見えたが、指にリングナイフを嵌めている。パンチを放ちながら相手を突き刺す凶器だ。本並は上体を揺すりながらフットワークを駆使し、ジャブやフックなど巧みなパンチを次々に繰り出している。

格闘技経験を積んだ真里亜ですら、彼の拳の速さは目で捉えきれない。東鞘会の首領の護衛を任された過去があるだけに、並の喧嘩師や格闘家よりも遥かにスピードがある。近寄れば瞬く間にリングナイフで切り刻まれそうだ。

しかし、その凶器のパンチを豊中は紙一重で避け続けていた。作業着やフェイスマスクを切らせ、下着や肌を露出させてはいるが、決定的な一撃を貰わない。警視庁は武道家の集まりではあるが、豊中の見切りは達人クラスといえた。

豊中は拳をかわしつつ、鋭いローキックで牽制し、リーチを活かしたナイフ攻撃で本並を追いつめていた。ただし、油断すればリングナイフの餌食になると読んでいるのだろう。戦いに集中しており、真里亜を見ようとしない。

真里亜はふたりに忍び寄り、リボルバーの撃鉄を起こした。豊中の胸に向け、大声で呼びかける。

「武器を捨てなさい！」

本並が身体をビクリとさせた。彼は真里亜の存在にまったく気づいていなかったらしい。誰だといわんばかりに目を丸くする。

豊中の反応は違った。当たり前のように警告を無視し、真里亜に向かってムチのように右腕を振る。

真里亜は慌てて床に伏せた。豊中のシースナイフが恐ろしい速さで頭上を飛んでいく。豊中が一気に真里亜との距離を詰め、目前にまで迫っていた。右手にはすでに新たなナイフが握られている。彼女はためらわなかった。伏臥しながらトリガーを引く。

豊中の胸が弾けた。作業服の生地が弾け、彼は身体をぐらつかせた。心臓のあたりに命中したにもかかわらず、出血もなければ、倒れようともせず、後ずさりをするのみだ――真里亜たちと同じく防弾ベストを着こんでいる。

再び撃鉄を起こして発砲した。しかし、今度は命中すらさせられない。豊中は弾道を読み、半身になって弾丸をかわした。うつ伏せになっている真里亜の脊髄に、ナイフを突き下ろそうとする――。

豊中の身体が横に吹き飛んだ。真里亜の頭に生温かい血が飛び散り、思わず首をすくめる。

本並が豊中の側頭部に右ストレートを叩きこんでいた。リングナイフの刃が豊中の耳の下を刺し貫いている。

豊中は血を噴き出させながら横に倒れた。怪物的な身体能力を持つ男だったが、糸の切れた操り人形のように動かなくなる。瞳孔の開いた豊中の目が、彼の死を教えてくれた。

真里亜は膝立ちになって本並に拳銃を向けた。彼は真里亜の顔にリングナイフの刃を突きつける。刃の先端から豊中の血が滴り落ちた。

「なんだ……てめえは。警察か」

真里亜はバラクラバを脱いで素顔を見せた。

「あなたたちを救いに来た」

「なぜ警察がおれらを助ける。この殺し屋どもを放った張本人じゃねえのか」

本並は血で濡れ鼠と化していた。止血をしなければ命に関わるほどだ。

しかし、彼の燃え盛る炎のような気迫に圧倒される。彼の問いに答えるのには勇気を振り絞る必要があった。

「警視庁を裏切り、今は出月と行動を共にしてる」

「なんだと……生きてるのか」

本並が左腕を動かした。光のような速さで胸ぐらを摑まれる。彼は顔をクシャクシャにさせながら全身を震わせ、リングナイフの刃を真里亜の目に近づける。

「ふざけやがって。どのツラ下げて救いに来ただと……どのツラ下げて！」

本並に頭髪を摑まれて揺さぶられた。血で染まった彼の頰を涙が流れた。周囲の空気を震わせるほどの殺気をビリビリと感じる。

本並は右拳を震わせた。真里亜の胸ぐらから左手を離す。

「殺してやる、どいつもこいつも」

「待って」

本並は階段へと走った。飛び降りるようにして駆け下りる。

真里亜は息を吐いた。心臓が破裂しそうな勢いで鳴り続ける。口内が緊張でカラカラに乾いていた。よろけそうになる足に活を入れる。腰を抜かしている場合ではないのだ。

本並の後を追いかけなければならない。真里亜は階段を下りる前に、倒れた豊中へと近づいた。耳の下から血液と体液が漏れ出ており、手首の脈は止まっていた。

致命傷を与えたのは本並ではあったが、真里亜も死に至らしめた共犯者だ。豊中の身体を仰向けにし、彼の両瞼をふさいでやってから、カーペットが敷かれた階段を下りる。死神みたいな忌まわしい悪党だったが、そうしなければいけない気がした。

地下ではまだ銃声が鳴り続けていた。爆発物による白煙こそ薄まりつつあるが、火薬の異臭は未だに強く、目鼻を刺激してくる。

真里亜はゆっくりと歩を進めた。地下室へと続く出入口の前に出月と典子がいた。ふたりは出入口の傍の壁に張りつき、地下室にいる相手と銃撃戦を展開させている。

もともと出入口には防火用の鉄扉があったのだが、さっきの爆発によって吹き飛ばされたらしく、飴のようにねじ曲がった状態で数メートル先に転がっている。華岡組の殺し屋たちが鉄扉を爆破して、地下室へと侵入したようだった。

殺し屋たちが出月らに対して拳銃や散弾銃で応射してくる。相手の数は多く、その火力は圧倒的だった。階段や壁が銃弾を浴びてボロボロと崩れる。

典子が間隙を縫って出入口から腕を伸ばし、室内に向かって連射した。痩せた身体に似合わず、ガッシリとした自動拳銃を握っていた。警視庁でも部署によっては自動拳銃を扱うが、見たことのないタイプのものだ。

弾薬の質も違うらしく、真里亜のリボルバーと比べて発砲音が重々しい。自分が撃たれる心配よりも、ヤクザ者を狩れるのが嬉しいようで、うっすらと笑みさえ浮かべている。

彼女が弾幕を張っている間に、真里亜は出月の傍へと近づいた。銃声がひどいために声を張り上げなければならない。

「本並は？」

出月が右目を丸くさせた。

「やつがいたのか？」

「あなたが生きてると知って、ここの階段を下りていったけど」

真里亜は二階での死闘を簡潔に説明した。出月が地下にいると知り、猛烈な勢いで階段を下っていったのだと。

「まだ現れていない。おれは後方を見張る。あいつは裏切り者のおれを誰よりも殺したがっているだろう。上から手榴弾でも投げ入れられたらたまったもんじゃない」

「わかった」

真里亜は了承した。出月は怯みを知らない男だったが、かつての兄弟分の話になると目の力がいくらか弱々しくなった。

出月に代わって前に出た。出入口から地下室を覗く。案内板には〝遊戯室〟と表示されているものの、この部屋も二階と同じく大がかりな改装がなされていた。

打ちっぱなしのコンクリートの空間が広がっており、ビルを支えるコンクリート製の太い柱が何本もそそり立っていた。地下駐車場みたいな無機的な空間に見えるが、やはりここにも人間たちの営みがそこかしこに見て取れる。

地下室の手前には金属製のカウンターと仕切り板が設けられていた。二階が近接戦闘用の道場だとすれば、こちらは射撃用の訓練場だ。カウンターの遥か先には紙のターゲットがいくつもぶら下がっていた。

真里亜は目をこらした。カウンターの手前や奥の石柱の陰には、まるで警備部の特殊部隊のような男たちが、硝煙に包まれた空間を頻繁に移動していた。

男たちは重量のありそうな大型のバリスティックシールドに身を隠し、分厚いバイザーのついたヘルメットを被(かぶ)っている。膝や肘(ひじ)をプロテクターで守り、上半身は防弾ベストで覆っている。特殊急襲部隊(SAT)顔負けのフル装備だ。華岡組のヒットマンたちと思われた。

彼らがただのミリタリーマニアではなく、みっちりと訓練を積んだ兵士であることが動作からわかった。あの豊中と同じく警察官顔負けの筋力も有している。

連中はふたり一組で行動している。被弾する確率が高い先頭の人間が重いバリスティックシールドを両手で抱えて護衛に徹し、後方にいる射手は慎重に狙いを定めて敵を撃っていた。ヤクザ者とは思えぬ装備と統制の取れた動きだ。

射撃場のレーンには、その華岡組系の男たちと、スーツやジャージ姿の東鞘会の男たちが血を流して倒れていた。戦闘不能に陥った者の数は明らかに東鞘会のほうが多い。

華岡組系の男たちが制圧しようとしたところで出月らが現れ、射撃場では三つ巴(みどもえ)の戦いとなっていた。

典子がレーンの奥の石柱を顎(あご)で指した。

「見な。まるで『スカーフェイス』のパチーノだね」

「あれは……」

レーンのもっとも奥の石柱に、ダブルのスーツに幅広い襟という派手な恰好をした長い髪の中年男がいた。米軍の主力小銃であるM16を構えて、セミオートで撃っては殺し屋たちを迎撃している。

「門馬秀一。脱退したはずじゃ」

「偽装のようだね。さすが熊沢伸雄の子分だけあって、東鞘会への忠誠は変わってないみたいだ」

アサルトライフルを撃つ様は、まさにギャング映画から抜け出したような姿だ。盾で身を守る殺し屋にも、容赦なく銃弾を浴びせていた。

大抵のバリスティックシールドや防弾ベストは、貫通力の高いライフル弾までは防ぎきれない。

活発に動く殺し屋たちも、門馬がいる石柱までは容易に近づけないようだった。門馬から約十メートル離れた石柱には、ライフル弾の餌食になったと思しき男がおり、穴の空いた盾を抱えたままコンクリートの床に倒れている。

門馬が弾切れを起こした隙をつき、殺し屋たちが彼に向かって一斉射撃を試みるも、彼には新たな弾倉を渡す子分がついているらしく、瞬く間に弾倉交換を済ませて反撃を加えた。劣勢のなかで孤軍奮闘している。

真里亜は殺し屋のひとりに注目した。盾を抱えた護衛を失い、石柱にひとり身を隠しながら散弾銃で応戦している。引き締まった体格の殺し屋たちのなかで、腹の突き出た肥満体形をしており、防弾ベストがいかにも窮屈そうだった。豊中とともに町本を襲った生駒という男に違いなかった。

生駒が手にしているのは、ポンプアクションのレミントンM870だ。国内でも猟銃として販売されているが、それは本来薬室に一発、弾倉には二発しか弾薬を込められないはずだった。生駒は明らかにそれ以上の散弾を放っている。連中が合法の銃器など持つわけがなかった。

「危ない！」

真里亜は典子の肩を摑んで壁に押しやった。

生駒が急に散弾銃を発砲してきた。散弾が真里亜たちの傍を通り抜け、階段のカーペットを吹き飛ばす。

真里亜が出入口から腕を伸ばし、生駒に向けてリボルバーを撃った。しかし、彼との距離は三十メートル以上は離れている。命中するどころか、弾丸がどこに飛んでいったのかもわからない。

かりに弾丸が当たったとしても、分厚いバイザーつきのヘルメットと防弾ベストで守られている以上、無力化させるのは厳しそうだった。

真里亜たちは息を詰まらせた。生駒が横に飛びながら散弾銃を撃った。石柱に潜んでいた門馬の子分がもろに散弾を浴び、頭を吹き飛ばされながら床に倒れる。

門馬がアサルトライフルで反撃するが、生駒は体格に似合わず身軽だった。素早く床を転がると、再び石柱に身を隠す。ヘルメットで表情はわからないが、生駒は肩を揺すって大笑いしているようだった。

背中を冷たい汗が流れる――この場には恐ろしい修羅たちがひしめいている。血で血を洗うような戦いに喜びを見いだす危うい者たちばかりだ。

典子が出月に訊いた。

「どうする。このままじゃ助けるどころか、あたしらの命も風前の灯火だよ」

今や東鞘会の男たちで戦っているのは、門馬だけとなっていた。

「いや……案外そうでもなさそうだ」

出月は上階を見上げて答えた。

射撃場で銃声とは異なる音がした。けたたましい金属音だ。天井に設けられた点検口の蓋が凄まじい勢いで落下する。

近くにいた生駒が散弾銃を天井めがけて発砲した。石膏ボードに大きな穴が空くが、それより早く点検口から小柄な男が射撃場に降り立つ。

本並だった。彼にとってはこの場はホームタウンだ。この出入口ではなく、天井裏へと移動していたようだ。

彼は三メートル以上はありそうな天井から飛び降り、コンクリートの床を転がって衝撃を吸収すると、ネコ科の肉食獣のように殺し屋たちに襲いかかった。
殺し屋たちが本並に銃を一斉に向けた。しかし、それよりも早く、本並は生駒との距離を詰める。リングナイフをつけた両拳を生駒に叩きこんだ。最後に強烈な右アッパーを喰らわせ、ヘルメットを吹き飛ばす。

生駒は散弾銃を取り落とした。首や胸から血を噴き出させながら、よろよろと後退する。

門馬が生駒を見逃さなかった。死角から姿を現した彼をアサルトライフルで撃つ。頭にライフル弾を叩きこまれた生駒は、仰向けになって倒れる。

「今だ」

出月が出入口を通り過ぎて射撃場へと飛び出した。

出月の手には拳銃ではなく、トルクレンチとマイナスドライバーが握られていた。カウンターの手前に陣取っている二人組に襲いかかる。その速さは本並と変わらない。

瞬く間に距離を詰めると、出月は頑丈な盾を持った護衛の頭をトルクレンチで殴りつけた。相手はヘルメットを被っているとはいえ、相当な衝撃で脳を揺さぶられたらしく、身体を大きくぐらつかせる。

護衛を押しのけると、出月は後ろにいる射手の腹に前蹴りを喰らわせた。射手は頑丈そうな大男だった。出月の強烈な蹴りをもらってよろけるものの、倒れようとはしない。自動拳銃を出月の頭に向ける。

真里亜も射撃場に入り、リボルバーのトリガーを夢中で引いた。撃鉄を起こすのを忘れて連射する。射手の胸や腹が弾けた。防弾ベストを着ているとはいえ、38口径の弾丸はかなりのダメージを与えたらしく、射手はガクリと膝をつく。

出月はガードマンと射手の前腕にトルクレンチを振り下ろした。彼は剣道の達人でもある。凶器と化した金属棒がふたりの前腕をへし折って拳銃を叩き落とした。ふたりが叫び声を上げる。

出月はマイナスドライバーを殺し屋たちの喉に振り下ろそうとした。

「殺さないで！」

真里亜が声を張り上げた。

マイナスドライバーの先端が、殺し屋の喉に到達する寸前で止まった。代わりにトルクレンチでふたりの頭をしたたかに殴りつける。ヘルメットを被っているとはいえ、ふたりは脳しんとうを起こして床に倒れる。

「……ありがとう」

「そいつらを拘束しておけ」

出月がカウンターを乗り越えてレーンへと駆けていった。

本並と出月の攻撃のおかげで、形成は逆転したといってよかった。

華岡組の殺し屋は残り二組で四人のみとなった。東鞘会と出月らの挟み撃ちに遭い、誰を目標にするべきか当惑している。

出月に続いて典子もカウンターを越え、殺し屋たちに向けて自動拳銃を撃ちまくる。

門馬も別方向からアサルトライフルを連射し、本並と出月が動きが取れなくなった殺し屋たちに肉食獣のごとく忍び寄る。

真里亜はバリスティックシールドで弾丸から身を守りつつ、倒れた殺し屋たちから武器を奪い取った。出月が痛めつけたとはいえ、連中はタフだ。身柄をしっかり拘束しておかなければ、逃走や反撃を許してしまう。

殺し屋たちのポケットやボディバッグを漁った。自動拳銃のマガジンやナイフ、フラッシュライト、救急包帯などが出て来る。

他にも暗闇でも戦える高価そうな暗視スコープやプラスチック製の簡易手錠など、まさに特殊部隊顔負けの装備だ。軍用ブーツまで念入りに調べると、ふたりともブラックブレードの隠しナイフを所有していた。

ふたりのヘルメットを取り去った。ともに頭をクルーカットにした筋骨隆々の軍人風だ。出月に前腕の骨をへし折られ、苦痛に顔を歪めていたが、さすがに殺し専門のグループに所属するだけあって、敵意を剥き出しに睨みつけてくる。

身柄拘束のために、ふたりの簡易手錠を使って腕と足を封じようとした。

ひとりが唾を吐きかけてきた。真里亜の頬に唾がかかり、彼女は睨み返した。唾を吐いた男は脂汗を掻きながらも、虚勢を張って小馬鹿にしたように歯を覗かせる。

真里亜の視界が怒りで赤く染まった。リボルバーの撃鉄を起こして銃口を向けると、男の顔色が変わった。

弾丸を叩きこんでやりたかった。こんなイカれた連中に宮口や町本らは問答無用に殺され、自分も口を封じられるところだったのか。わざわざ捕えたとしても、長々と生かす必要がどこにあるのか。この手で仇を討ってやりたい。人殺しどもをきれいに一掃し、この世を清らかにしたい。

真里亜はハンカチで唾を拭った。歯を食い縛って必死に衝動を抑える。出月に殺人を止めさせておきながら、己のなかにも恐ろしい修羅が潜んでいるのだと知る。

私は刑事なのだと言い聞かせ、男の挑発には乗らずに手足を拘束した。男が舌打ちするのを耳にしながら、出月らの戦いに目を移す。

真里亜は短くうめいた。身柄拘束をしている間に、新たな展開へと移っていた。

華岡組の殺し屋たちは全滅していた。生駒は血の池に浸かり、残りの四人も倒れていた。ある者は出月に殴り払われたのか、鎖骨がへし折れた状態でのたうち回り、またある者は門馬のライフル弾の餌食となり、バイザーや防弾ベストごと穴だらけにされ、ぴくりとも動かずに倒れている。典子に脚を撃たれて身体を丸めている者もいた。

出月と門馬が銃を向け合っていた。門馬は何人もの殺し屋と戦っていたときよりも張りつめた顔をしている。

「てめえ、兼高か……生きてやがったのか」

「あんたも足を洗ってはいなかったんだな」

出月がバラクラバを取り去った。隻眼となった顔を見せると、門馬らは目を見張る。

「警察(サツ)と東鞘会、それに関西の三つから追いこみかけられて、とっくの昔にくたばったと思いきや、連中の目をかわすだけでなく、こうしておれらを救いに来るとはな。さすが神津組最強の男だ」

門馬はアサルトライフルをゆっくり床に置いた。出月も拳銃をホルスターにしまう。

「話がある」

「奇遇だな。おれもだ」

「門馬(オジキ)！」

本並が歯を剥いて抗議した。リングナイフを構えて腰を落とす。今にも飛びかかりそうだった。

門馬は本並に右手を向けて遮った。

「待て。ここはひとつ、言葉ぐらい交わしてもバチは当たらねえだろうよ。こんな土壇場にわざわざ足を踏み入れてきたぐらいだ」

「すまない――」

出月が歩み寄ろうとした。

門馬の左手がすばやく動き、腰のホルスターから自動拳銃を抜き出した。出月に向かって連射する。

チェスターコートの生地が弾け、出月は後ろに倒れた。防弾ベストを着ていたとはいえ、弾丸をいくつも喰らい、苦痛に顔を歪ませる。

「なにしやがんだい！」

典子が門馬に自動拳銃を向けた。しかし、本並が滑るようなフットワークで典子の背後に回りこんだ。リングナイフの刃先を彼女の喉に突きつける。

真里亜は門馬にリボルバーを突きつけた。

「銃を捨てなさい」

門馬は真里亜を無視して、倒れた出月の頭に自動拳銃を突きつけた。

「兼高、お前のおかげで命拾いをした。相変わらずやべえ戦い方するじゃねえか。これじゃ十朱会長や熊沢が惚れるわけだ。お前みたいなやつを武神とでも言うのかもしれねえ。お前が親兄弟を殺りまくった腐れ外道じゃなけりゃ、おれも海老原みたいに盃交わして兄弟になってたかもな」

「おれを殺して……それで満足か」

出月が激しく咳き込んだ。

「こんな吉日は久しくねえ。関西の贅六どもを痛めつけてやれただけじゃなく、警察官のペテン野郎までがのこのことネギ背負ってツラ見せやがった。歯食い縛ってこの世にしがみついた甲斐があったってもんだ」

典子が叫んだ。

「ざけんじゃないよ！　あんたらがおたおた逃げ回ってる間、梧郎がどれだけ危うい橋を渡って、警察と関西を相手に戦ってきたと思ってるんだい」

典子の首が血に染まった。リングナイフの刃先が皮膚を突き破っていた。本並が黙ってろと警告する。

門馬が典子を見やった。

「婆さん、あんたにも会いたかった。兼高と警察を取り持つ〝連絡員〟だろう。曳舟連合の総長の首へし折りやがった。ロクな野郎じゃなかったが、そうは言っても身内には変わりねえ。お前らの首を会長たちの墓前に供える。これでケジメがつけられるってもんだ」

真里亜はカウンターを乗り越えた。命中できそうな位置まで距離を詰める。

「何度も言わせないで。銃を捨てなさい！　吉日どころか、あんたの命日になる」

「捨てるわけねえだろう」

門馬は不快そうに真里亜を睨みつけてきた。

おびただしい量の硝煙のせいもあってか、彼の目は真っ赤だった。泣いているようにすら見える。心酔していた熊沢の仇と出会えて、本並と同じく興奮しているようだった。

今にもトリガーを引きそうだ。

出月が上半身を起こした。

「大前田はどこにいる。やつがあんたらを動かしているんだろう。ここにいるのか？」

「おれと戦え！」

本並が叫んだ。リングナイフを震わせ、顔を涙で濡らしていた。

「兼高、てめえはここでくたばるんだよ。十朱会長や三羽ガラスだけじゃねえ。大村さんや海老原、それに室岡のためにも。汚えコウモリ野郎が！」

典子が言い返した。

「コウモリなもんか。梧郎はずっと警官だった。昔も今もあんたら悪党相手に戦い続けただけさ」

「うるせえ！」

本並が典子の舌を刺した。

気の強い典子も激痛に顔をしかめる。舌を突き刺され、大量の血を吐き出しながらも、彼女はなおも言葉を発しようとする。本並がさらに拳を振るおうとする。

「止めろ」

門馬が本並に命じた。彼は真里亜に目をやった。

「こっちの刑事さんが、今にもおれを弾きそうだ。おれたちはしぶとく戦い続けなきゃならねえ」

真里亜は門馬に狙いを定めていた。トリガーを指にかけており、撃鉄も起こしてある。

出月が顔を強ばらせた。

「まさか……お前らは」

「おれたちは東鞘会の男だ。やられたからにはケジメをつける」

門馬は出月に銃口を向けたままジリジリと移動し始めた。彼は真里亜に告げる。

「ぶっ放すんじゃねえ。そっちの婆さんを切り刻まれたくなかったらな」

典子が血をまき散らして吠えた。

舌を刺されて言葉になっていなかったが、なにが言いたいのかはわかった——あたしなんてどうでもいいから、こいつらを撃つんだよ。

「撃て！」

出月も叫んだ。これまでになく切迫した様子だ。

撃てるわけがない。撃ち損じてしまえば、出月が撃たれる可能性が高い。格闘技や逮捕術なら心得はあるが、射撃はからきし自信などない。だが——。

射撃訓練で教わったことを思い出しながら、トリガーを絞るように引いた。リボルバーが轟音とともに弾丸を発射する。

門馬の太腿が弾けた。38口径の弾丸に太腿を穿たれ、身体のバランスを崩した。出月がすばやく立ち上がって本並へと駆ける。

「当たった——」

命中を喜んでいる暇はなかった。すかさず真里亜は門馬に駆け寄り、彼の左手首にリボルバーのグリップを叩きつけた。固い衝撃が真里亜の手にまで伝わり、門馬は自動拳銃を取り落とした。

門馬が反撃に出た。右手で手刀を繰り出してくる。真里亜は察知して上体を動かし、なんとか直撃を逃れる。首に熱い痛みが走り、門馬が空手の貫手を使ったとわかった。ぞくりと背筋が冷たくなる。危うく喉を突かれるところだった。

門馬がさらに貫手で目潰しを仕掛けてきた。それよりも早く、真里亜はローキックを放つ。銃弾で抉られた彼の太腿を全力で蹴飛ばすと、門馬は苦痛に顔を歪めて倒れた。

門馬はなおも諦めない。床に落ちた自動拳銃を拾おうと手を伸ばす。殺されたくない一心で、真里亜は彼の脳天にリボルバーのグリップを叩きつけた。門馬の身体から力が抜け、うつ伏せのまま動かなくなった。真里亜は後ろ手に回して簡易手錠で拘束する。

「兼高ぁ！」

本並が絶叫した。銃声にも負けない音量で、彼の声が地下室に響き渡る。

出月と本並が一対一で戦っていた。本並のリングナイフに対抗するように、出月はトルクレンチを両手で握っている。

その傍には典子が尻餅をついていた。舌の痛みで顔をしかめているが、それ以外に傷を負った様子はない。

本並が目で追いきれないほどの速度で連打を繰り出した。鞭のような速さに出月は苦戦を強いられている。休みなく放たれるコンビネーションにより、チェスターコートが切り裂かれ、出月の血が飛び散った。

巧みな足運びと反射神経で急所を刺し貫かれずにいたが、出月の二の腕や胸には大きな裂傷ができている。憤怒が本並に力を与えていた。出月は後退を余儀なくされる。

「落ちろ！　てめえを地獄に叩き落とさなきゃ、兄弟たちに会わせる顔がねえんだ」

本並はわめきながら右のボディブローを放った。

出月は避けきれずに肘でブロックした。二の腕に深々と刃が刺さる。ボタボタと血が床に滴り落ち、出月は左腕をダラリと下げた。

「止めなさい！」

真里亜は本並にリボルバーを突きつけた。門馬の血でグリップが滑り、しっかりと握り直す必要があった。

出月が移動して射線上に入りこんだ。まるで止めるなと言わんばかりに。彼の背中が邪魔だった。

真里亜は奥歯を噛みしめた。

「なんでよ……」

本並がファイティングポーズを取った。トドメを刺してやると殺意を漲らせている。彼の瞳は涙で濡れていた。

「兄貴、あの世であいつらに詫びろ」

「そいつは無理だな。おれは地獄に落ちても、兄弟たちは天国にいる」

「ふざけるな！」

本並が出月の顔面めがけて右ストレートを放った。真里亜は思わず目をつむる。目を開けてふたりを見た。出月の左腕の出血はさらにひどくなっている。

一方の本並は膝をついてダウンしていた。なおもパンチを振るおうと拳を固めるも、耐えきれずにうずくまる。なにが起きたのかを悟るのに時間を要した。

出月がカウンターで本並の腹をトルクレンチで突いていたのだとわかった。出血した左腕で右ストレートをブロックしつつ、本並に痛烈な一撃を見舞ったのだ。腕一本を犠牲にする戦い方は、いかにも出月らしくはあった。本並のリングナイフを再び左腕で防いだせいで、二の腕だけでなく前腕も深い傷を負っている。

出月はトルクレンチを放り、本並の両腕を押さえた。真里亜に向かってうなずく。

真里亜は駆け寄って本並の手首に簡易手錠をかけ、彼が動けずにいる間にリングナイフを抜き取る。その間も出月の傷から血が流れ落ち、本並の両手を血で濡らした。あまりの血の臭いにむせかえりそうになる。

真里亜は出月の傷に目をやった。

「なんて無茶なことを」

「大した傷じゃない」

出月は無表情で答えた。しかし、顔色の悪さまでは隠せていない。

典子が彼の左腕の応急処置に取りかかった。軍隊が使用するような緊急時の伸縮包帯を巻きつけ、上腕を止血ベルトで縛って出血を食い止める。

真里亜は思った。この男は警察組織や暴力団を敵に回すだけでなく、殺人や裏切りに手を染めた己を罰するように、傷やケガを負うのを厭わずに戦ってきたのだと。

典子に手当を受けながらも、出月は手を休めなかった。本並の胸ぐらを摑む。

「大前田はどこだ」

本並が口角を上げた。笑おうとするものの、腹の痛みには勝てず、片頬を歪めるのが精一杯のようだ。

「殺(や)れよ。てめえは土岐の叔父貴(おじき)や室岡まで殺(や)る生粋の異常者だ。トルクレンチでおれの頭も叩き割りたくてうずうずしてるんだろうが」

真里亜が本並に詰め寄った。

「あなたたちは陽動作戦の囮(おとり)ね」

本並が一瞬だけ顔を強ばらせた。再び片頬を歪めて、彼女から目をそらす。

門馬が漏らしていた――おれたちはしぶとく戦い続けなきゃならねえ。

旧熊沢組と鞘盛産業の者たちが結集したわりには人数も少ない。別働隊がいると考えるべきだった。本並たちはこの廃墟(はいきょ)に籠(こ)もり、豊中たちをおびき寄せて時間をできるだけ稼いだ。大前田を行動させるためだろう。

出月は本並の首を鷲摑(わしづか)みにした。

「目標(マト)は誰だ」

本並は掠(かす)れた声で笑った。笑うたびに腹に痛みが走るのか、笑い声を上げながら顔を歪める。彼の目から大粒の涙がこぼれる。

「最高の気分だ。こんな晴れがましい気分になれたのはいつ以来だろうな。裏切り者(もん)のクソ野郎まで誘い出せた」

「誰なんだ！」

出月が本並を揺さぶった。本並が一転して出月を睨んだ。

「とろくせえな、まだわかんねえのか！　警視総監の美濃部と国木田だ」

出月は顔を凍てつかせた。

12

真里亜はまた操作を誤った。

ウインカーを出すつもりが、ワイパーを作動させてしまった。乾いた窓ガラスをワイパーが拭く。ガラスを擦る不快な音がした。

運転しているのは華岡組の殺し屋が使っていた車だ。ドイツ製の高級ＳＵＶだったが、輸入車であるため、ウインカーレバーとワイパーレバーの位置が逆だった。国産車しか知らない真里亜は扱いに戸惑う。

改めてウインカーを出して追い越し車線に入り、アクセルを踏み込んだ。軽く一千万円を超えるほどの高級車だけあって、速度がスムーズに上がっていく。ハンドルのブレもなければ、車体自体も揺れたりはしない。時速百四十キロのスピードでトラックを抜き去る。

腋や背中を冷たい汗が流れた。いくら高速道とはいえ、こんな速度で運転するのは初めてだ。

警察官である以上、公務のときはもちろん、プライベートでも走ったことはない。過去に何度か車で逃走する被疑者を緊急走行で追跡した。そのときも制限速度は厳格に守っている。

ミニバンが前で行く手を阻んでいた。真里亜の車が後ろから迫っているが、追い越し車線から退(ど)いてくれなかった。隣の走行車線はセダンが走っている。

後部座席の出月が文句をつけてきた。

「なにをトロトロ走ってる」

「全然トロトロじゃないでしょう!?」

出月が後ろから右腕を伸ばしてきた。クラクションを何度も鳴らし、ミニバンに隣へ退くよう威圧的に伝える。真里亜は悲鳴を上げた。

「梧郎」

後部座席の典子がたしなめた。

彼女は医者顔負けの手際のよさで、出月が負傷した左腕のケガを治療していた。ミネラルウォーターで傷を洗い流し、簡易的な手術まで行った。

彼女が持ちこんだ薬品箱には、ドラッグストアで売られている市販薬ではなく、クリニックの医薬品用保管庫にあるようなガラス瓶や箱が入っていた。おそらく抗生剤の類(たぐい)と思われた。シートに金属製の耐熱トレイを置き、鉗子(かんし)やピンセットを巧みに使い、縫合糸と針で左腕の傷を縫いつけている。出血は完全に止まり、傷口も塞(ふさ)がれているのがわかったが、麻酔までしているわけではなさそうで、出月は額にじっとりと脂汗を掻いていた。激痛に襲われているだろうに、迸らせるエネルギーは相変わらずだ。

「絶対にもうやらないで。あなたを守るとは言ったけど、心中するつもりはないんだから」

真里亜は強い口調で出月に抗議した。

出月は鼻を鳴らすだけだった。カエルのツラに小便といった様子だ。

高級ＳＵＶに煽られたミニバンは、すぐに左の走行車線へと移動した。

さらに加速してミニバンの横を走り抜けた。速度メーターは百五十キロを超えていた。交通警察隊が見つければ、目の色を変えて追ってくるだろう。自分が最低なならず者になったような気がする。

彼が焦る気持ちはわかった。彼女も同じだ。一刻も早く都内に戻りたかった。

――警視総監の美濃部だ。

本並の告白を聞き、出月はその場で電話をかけた。本並はなおも吠えた。

――もう手遅れだ。あの人は立派にケジメをつける。極道にも警察官にもならねえハンパ者のてめえとは違う。

出月は納見に伝えた。大前田が美濃部を狙っていると。納見も寝耳に水だったようだ。スマホのスピーカーを通じて、彼の大声が真里亜の耳にまで届いた。

今日の美濃部は午後から視察を行う予定だという。阿内が壮絶な殉職を遂げて一年。

美濃部は阿内の菩提寺である荒川区の寺院で〝英雄〟を弔い、夕方からは東鞘会の本部がある銀座一帯を視察。

暴力団追放運動に関わる地元のボランティアと一緒に繁華街をパトロールし、メディアを動員して東鞘会を壊滅に追いこむとアピールするのだという。

美濃部がパフォーマンスを好む性格なのは、警視庁職員ならば全員が知っている。半年前も春の交通安全運動に合わせ、都内の小学校前で、自ら新一年生に横断歩道の渡り方を教えていた。今日のような機会を大前田らが見逃すとは思えなかった。すでに阿内の墓参りを終えて、荒川区から銀座へと向かっているとのことだった。

スマホの振動音がした。出月がスピーカーフォンに切り替えて電話に出る。相手は納見だった。彼の声が運転席の真里亜の耳にまで届いた。

納見の声は沈んでいた。

〈美濃部と国木田の消息が不明だ〉

すでに想定内ではあったが、車内の空気が重くなる。

「消息不明とは？」

出月がため息をついて訊いた。

納見によれば、美濃部は三十分前に襲撃されたという。公用車で移動中、荒川区の大関横丁交差点付近で拉致された。交差点で信号待ちをしている間、後方にいたミニバンから銃火器を手にした男たちが飛び出してきた。襲撃者たちはアサルトライフルで公用車の防弾ガラスを粉砕した。

美濃部の車には秘書室長と警備部の護衛二名が同乗しており、拳銃で応戦しようとしたものの、襲撃者のアサルトライフルによる銃撃で腹部を撃たれ、意識不明の重体だという。美濃部は襲撃者たちによって公用車から引きずり出され、ミニバンに押し込められた。

襲撃者のミニバンはその場を逃走。警視庁は特別緊急配備を敷いた。

警察車両はもちろん、警視庁航空隊のヘリや湾岸署の警備艇まで動員して捜査を開始したが、襲撃犯の車両を発見できずにいた。

「殺されてはいないわけか」

〈それも不明だ。粉みじんに砕いて処理しちまうか、警視総監を人質にして、政府に〝超法規的措置〟を要求するか。東鞘会には常識が通じん。おれにもわからんよ〉

真里亜はひとまずSUVの速度を落とした。銀座に向かって走り続けたが、肝心の目標が消えてしまったのだ。

警視総監拉致という前代未聞の事態を受け、警察官たちも混乱しているだろう。彼らの目を引きたくはなかった。追い越し車線から走行車線へと移る。

すでに首都高4号線から環状線を走っていた。東京タワーや芝公園の緑が見える。

真里亜は唇を噛んだ。あと一時間でも早く相模湖の廃墟に到着していれば、襲撃を防げたかもしれなかったのだ。

大前田は生粋の極道だ。東鞘会にとって最大の敵である警視庁の首領の首を狙っていたはずだ。この半年はアジトを転々としながら、美濃部襲撃の計画を練っていたのだろう。東鞘会自体は瓦解しつつあるが、忠誠心にあふれた組員は未だにいるようだ。囮になるのを選んだ本並や門馬たちのためにも、大前田はきっちり美濃部に落とし前をつけさせるはずだ。

「……うわ、日本とは思えないね」

出月の治療を終えた典子が、スマホでニュースを見ていた。音声しか聞こえないが、公共放送の報道ヘリが現場の模様を伝えていた。

真里亜は非常駐車帯にＳＵＶを停めた。典子に液晶画面を見せてもらう。現場上空から撮影されたもので、片側五車線にもなる巨大な交差点はパトランプをつけた警察車両で埋め尽くされていた。右折車線には警視総監の公用車と思しき黒塗りの高級セダンがあった。リアドアが開きっぱなしになっており、スモークが貼られた窓ガラスが壊されている。道路には破片が散乱していた。

高級セダンの周りには、ドライバーが避難したのか、何台もの車が路上に乗り捨てられてあった。流れ弾が当たったらしく、フロントガラスが砕けた車もある。

すでに通常の番組から臨時ニュースに切り替わったようで、ヘリに乗ったレポーターとアナウンサーが緊張した声で現場の模様を伝えている。

出月が納見に尋ねた。

「国木田のほうは？」

〈事件に巻き込まれたとは言い切れないが、やつの消息も同じく不明だ〉

国木田謙太は昼に地元の支援者たちを国会に案内。食堂で会食をして、支援者たちのご機嫌を取ると、その後は赤坂のシティホテルにあるサウナに向かった。

週に二、三度は利用しに来るらしく、国木田が二階のサウナに入浴している間、秘書は一階のカフェラウンジで待機していた。一時間もすれば利用を終えるはずが、いつまで経っても一階に降りてこない。不審に思った秘書がサウナのスタッフに訊いたところ、いつも通りに一時間で出て行ったという。

出月が首を横に振った。

「手に落ちたと考えるべきだろうな」

〈かりにそうだとしても、お前たちにやれることは今のところない。本並一泰の身柄(ガラ)は部下が確保した。アジトに戻ってじっとしているべきだが、赤坂のネットカフェは避けたほうがいい。どこの署もてんやわんやだが、とくに赤坂署は蜂の巣を突(つつ)いたような騒ぎ――〉

納見の声が途中で止まった。出月が尋ねる。

「どうした」

「あっ」

典子が声を上げた。彼女はニュースを見るのを止めて、SNSのアプリを開いていた。

彼女は真里亜たちに液晶画面を見せた。海外の動画配信サービスだ。液晶画面には禿(とく)

頭の痩せた男が映っている。

金色のペイズリー柄のシャツに白のロングパンツという派手な恰好をしている。彼の手には自動小銃がある。

「大前田……」

出月が液晶画面を睨んだ。

大前田は肝炎と胃癌を患い、十朱体制下の東鞘会では病魔と闘う日々が続いた。液晶画面に映る大前田は、顔色こそひどく悪いが、目には危うい煌めきがあり、見る者を戦かせる迫力があった。伝統的な和彫りを胸や背中に入れていたはずだが、より己の存在を強調するかのように、首には洋風のタトゥーをびっしりと彫り、耳や眉には宝石入りのピアスをいくつもつけている。横紙破りな極道と呼ばれた若い時代を想起させ、生命の炎を燃やし尽くそうとする覇気が伝わってきた。

大前田の傍には三人の男たちがいた。手にはそれぞれ散弾銃や拳銃を手にしている。三人は大前田と違って、全員が紺色の作業服に身を包み、顔を覆面で隠している。

典子が顔をしかめた。

「公開処刑でもやらかそうってのかい。ヤクザってのはホントに趣味が悪いね」

納見が出月に訊いた。

〈見ているか？〉

「ああ」

大前田の足元には、麻袋を被せられた男ふたりがいた。両手は簡易手錠で縛められている。

ひとりは作務衣風のリラックスウェアを着た長身の男で、もうひとりは警察の制服を着ている——警視総監であるのを示す四つ星の肩章をつけていた。パリッとしたワイシャツは血痕で汚れている。

大前田がふたりの麻袋を取り去った。ふたりの顔が露になる。やはり国木田と美濃部だ。ふたりともすでに死人のような顔色だ。美濃部は鼻を殴打されたらしく、顔の下半分が血で真っ赤に染まっていた。七三分けにした銀髪は乱れ、口を開けて苦しげに肩で息をしている。

国木田はバケツで水を浴びたように大量の汗を掻いているのが、画面越しでもわかった。二重瞼と高い鼻が特徴の二枚目だが、涙と鼻水でグシャグシャに汚れている。

大前田は覆面男のひとりに訊いた。カメラのほうを指さす。

〈もう映ってるのか〉

覆面男がうなずいた。

〈じゃあ、始めてくれや〉

大前田が足先で国木田の腰を突いた。国木田は甲高い悲鳴を上げて身体をそらせる。

〈は、は、始めるって、なにを〉

大前田は不快そうに眉をひそめ、覆面男に顎で合図をした。

覆面男が腰のレッグホルスターから長大なシースナイフを抜き出した。国木田の顔に近づける。

国木田は凄まじい悲鳴を上げ、リノリウムの床にへたり込んだ。彼の股間に水溜まりができた。恐怖のあまり失禁したようだ。

大前田は冷ややかに見下ろした。

〈なんでえ、若様。意外にだらしねえな。しょっちゅう灰皿で取り巻き殴って、無理やり一気飲みさせて病院送りにしてるじゃねえか〉

大前田は国木田のリラックスウェアをたくし上げた。彼の背中をカメラに見せる。

国木田の腰には洋彫りの刺青があった。拳銃とドクロのおどろおどろしいデザインだ。

〈自政党のプリンスがこんないかつい彫り物入れたまんまじゃまずいだろう。このあたりの皮膚を剥ぎ取ってやるよ〉

〈わかった、わかったから止めてくれ。喋るから〉

国木田は許しを乞うように両腕を上げた。

美濃部が割って入った。国木田に叫ぶ。

〈ダメです！　喋れば喋るほどこいつらの思うツボだ〉

大前田が美濃部の頭髪を鷲摑みにし、顔面に膝蹴りを見舞った。加減のない一撃で美濃部の鼻からおびただしい量の血があふれだす。彼はうずくまって黙り込んだ。

覆面男が国木田の頬にナイフを押し当てた。国木田は目を固くつむりながら話し始める。

〈わ、私、国木田謙太はかつて……とある違法薬物に溺(おぼ)れていた時期がありました〉

〈今でもやってるだろ。議事堂の便所でもよ〉

大前田が片頬を歪(ゆが)めて笑った。

覆面男たちも暗い目をしながら失笑した。大前田は肩をすくめる。

〈おっと、話の腰を折って悪かった。続けてくれ〉

〈九年前の夏のことです。わ、私は山梨県議時代、西麻布のとある会員制クラブに出入りしており、その日はとある女性を連れて訪れました。その女性は……いわゆる遊び仲間でありまして、私と一緒に飲み歩き、と、ともにコカインを摂取していた関係にありました〉

国木田はカメラのほうを見ず、うつむき加減になりながらボソボソと話した。声が小さくなるたびに、大前田から腰を突かれた。

国木田は会員制クラブ『コンスタンティン』のVIPルームで、有名モデルに高純度のコカインを勧め、過剰摂取で死に至らしめたと打ち明けた。彼は店長やオーナーに救いを求め、偽装工作を行わせたことも。

国木田は半グレ二名に罪をかぶせて難を逃れた。しかし、『コンスタンティン』は東鞘会系神津組の息がかかっており、これを機に東鞘会とは否(いや)が応でも密接な関係にならざるを得なくなった。国木田は父親の義成に事の顚末を知らせた。

大物議員の義成は息子の不始末を嘆くも、東鞘会への捜査に手心を加えるよう、当時警視庁組対部長だった美濃部に命じた。その一方で、東鞘会にいつまでも弱みを握られてはならないと対策を講じるように言いつけた。国木田は東鞘会と警視庁との因縁を暴露した。

大前田が美濃部の頭を小突いた。

〈若様はこのように仰っているが、あんたはなんか言いたいことがあるか？〉

美濃部は鼻血を滴らせたまま涙声で答えた。

〈こんな拷問による自白もどきに、なんの意味があるというんだ〉

〈ねえかもな。だが、あいにくここは法廷じゃねえ。お前らの名がたんと売れりゃそれでいいのさ〉

大前田がカメラを指さしながら覆面男に訊いた。

〈こいつを今何人見てる〉

覆面男が大前田に耳打ちする。

〈そりゃすげえ。人気アイドルのコンサート並みだな。ほら、若様。続けなよ。こんな大勢の前で演説する機会なんてありゃしねえぞ〉

典子が鼻を鳴らした。

「そりゃそうだろうさ。演説を終えたときがこの若様の最期だ」

出月は納見に訊いた。

「連中の場所は特定できないのか」

〈警視庁(カイシャ)が総力挙げてやってるだろうが、こんな短時間では無理だ。大関横丁交差点から車で三十分以内に移動できる範囲のどこかだ。東京都内とは限らない。千葉や埼玉かもしれん〉

大前田たちのいる場所は殺風景だ。

彼らは白い壁を背にしており、拉致(らち)された国木田たちはリノリウムの床に跪(ひざまず)いている。外の風景は一切映っていない。どこかの倉庫のように見えるが、場所の特定に繋(つな)がりそうな手がかりは発見できない。

大前田の意図は明白だ。交差点やサウナで美濃部らを殺害しなかったのは、彼らを阿内のような英雄にさせる気も、テロの憐(あわ)れな犠牲者にするつもりもないからだ。警察関係者だけではなく、多くのメディア関係者も固唾(かたず)を呑(の)んで見守っているはずだ。

かりに国木田たちが生き残ったとして、彼らが逮捕される可能性は少ないだろう。暴力団員に無理やり脅されて、あることないこと喋るように強要されたと述べればいいのだ。美濃部の言うとおり、拷問による自白に意味はない。

しかし、見ている人間の感情を揺さぶるには充分すぎた。曰(いわ)くつきの政治家だった父親とは違い、国木田は若さと育ちのよさをアピールして浮動票を取り込んだ。そのイメージを打ち砕くには充分な破壊力があった。

強要されたとはいえ、違法薬物を摂取した過去を打ち明け、腰のおどろおどろしいタトゥーをも見せた。命を拾えたとしても、政治家生命のほうは危ういかもしれない。

美濃部が悔しげに唇を噛みしめていたが、彼も国木田と同じく観念したように肩を落とした。

〈私もすべてを打ち明ける。ただし、命は保証してくれないか〉

〈構わねえよ。もっとも、くだらねえ嘘や駄ボラをかませば、その度に若様の指を一本ずつ切り落とす。せいぜい言葉に気をつけるんだな〉

大前田が不敵な笑みを浮かべた。美濃部が念を押す。

〈本当だな。君も一角の俠客だ。約束を反故にすれば名誉は地に落ち――〉

〈くだらねえ時間稼ぎもアウトだ。とっとと始めろ〉

大前田は覆面男に、美濃部にカメラを向けるよう指示を出した。典子が呆れたように首を振る。

「バカだね。大前田が名誉なんて気にする男なら、ポリ公を首領に据えたりするもんか。まず間違いなく殺すよ」

真里亜も同感だった。大前田は態度こそシニカルだが、目は殺意に燃えている。

出月がふいに呟いた。

「この場所……覚えがある」

「え!?」

真里亜が思わず声を張り上げた。驚いている暇はなかった。すかさずシフトレバーをドライブにいれる。

「それはどこ？」

「……青海四丁目にある。鞘盛産業が〝処理場〟として使っていた倉庫だ」

典子のスマホから、男たちの叫び声がした。銃声が鳴り、彼女がのけぞる。

真里亜が訊いた。

「どうしたの？」

「やばい。美濃部が撃たれちゃったよ」

13

真里亜は双眼鏡を覗いた。倉庫の裏口にはふたりの男が立っている。

裏口自体は簡素なアルミ製の扉だ。しかし、紺色の作業服に身を包んだふたりの男は分厚い胸筋を持っており、一目で鍛え抜いた肉体をしているのがわかった。作業服の上着は膨らみがあり、ともに拳銃を懐にしまっているものと思われた。

「どちらも見たことがある。鞘盛産業の男たちだ」

出月が右目をこらした。

あたりは湾岸の倉庫街だ。都内にしては道路や建物が大きく、高層ビルなどはないために空が広い。道路の路肩にはトラックやトレーラーがいくつも停まっている。

男たちがいる倉庫には広大な駐車場があった。だが、そこにあるのはトレーラー用のシャーシと古タイヤのみだ。駐車場の周りは鉄柵(てっさく)で囲まれてあり、出入口はスライド式の門扉で閉じられている。

真里亜たちは首都高を台場(だいば)出入口で降り、青海四丁目の倉庫へと向かった。隣の大手物流会社の来客用駐車場にSUVを停めると、双眼鏡で様子をうかがった。

隣の倉庫を隔てるのは一メートルほどの鉄柵と何本かの木々だけだ。木々の葉で視界を遮られるものの、倉庫の表口と裏口の両方を見渡せた。

表口はシャッターが降ろされて、人の姿は見当たらない。倉庫自体も静まり返っており、現在進行形で国内を揺るがす大事件が起きているとは誰も思わないだろう。

出月はかつて十朱の護衛をしていたさい、銀座のホステスに化けた刺客を捕え、この倉庫へ連行して厳しい尋問を行ったという。氏家勝一の傭兵(ようへい)に襲われ、熊沢伸雄が殺害された場所でもある。

出月はスマホのスピーカーフォンで納見に伝えた。

「ここだ」

〈間違いないのか〉

「裏口に大前田の側近たちが立ってる」

〈そこで待機していろ。特殊急襲部隊(SAT)や捜査一課特殊犯捜査係(SIT)を向かわせるよう警備部

や刑事部に働きかける〉

「何分かかるんだ」

納見が苦しげにうなった。

〈わからん。刑事部長や警備部長に直接伝えるというわけにはいかない。情報源がおれたちとわからぬよう、やつらの耳にそれとなく入れなきゃならない〉

「そんな手の込んだことをする必要も暇もあるとは思えないけどね」

典子はスマホを睨んだまま言った。真里亜は彼女のスマホを見せてもらった。

事態はさらに血なまぐさくなった。太腿を負傷した美濃部が血だまりに浸かっている。美濃部が逃走を図ったためだ。

国木田と違って、彼は転んでもタダでは起きぬ男だった。大前田に降伏したように見せかけ、彼らの注意がカメラに向いた一瞬を狙った。覆面男のひとりに体当たりを喰らわせて逃亡しようとし、大前田に撃たれていた。脱走は失敗に終わり、だいぶ心を挫かれたようだ。太い血管を傷つけたようで出血量もひどい。

国木田は必死に喋り続けていた。銃弾を浴びたくない一心で、美濃部が撃たれてからはより饒舌になっていた。

九年前、国木田は東鞘会に事件をもみ消してもらったものの、ヤクザの風下に立つつもりはないと考え、当時警視庁組対部長だった美濃部に対策を講じるように命じた。

大物政治家の父親が命じてから約三年後、国木田は美濃部から心配無用との報告を受けた。警視庁は東鞘会系神津組を支配するのに成功し、もう東鞘会から脅されることはないと。国木田は小便に脚を浸からせながらぶちまけた。

〈このように若様は仰ってるが、警視総監、あんたはどうやって神津組を支配した〉

大前田は美濃部に話を振った。

〈それは……お前らが一番知っているだろう〉

美濃部は浅い呼吸を繰り返した。出血がひどく顔面は蒼白だ。目に力はなく、完落ち寸前の人間に見える。

大前田は首を横に振った。

〈あんたの口から聞きたいのさ。なに言ったたって構やしねえだろう。こんな拷問による自白もどきに意味はねえって言ったのはあんただ〉

美濃部の喉が大きく動いた。唇を震わせて口をわずかに開けるものの、なかなか言葉に出そうとしない。

大前田は覆面男たちに命じた。国木田を顎で指し示す。

〈若様はおおむねゲロったから、ここらで消えてもらうか〉

国木田は悲鳴を上げた。

〈ま、待って。もし命を助けてくれたら、きっちり罪を認める。法廷でもどこでも証言する。親父や警視庁がやったあくどいことも全部話す！〉

大前田は嘲笑した。

〈調子のいい野郎だ。モデルをクスリでうっかり殺っちまったときも、神津組とは一生仲良くさせてもらうと証文まで書いたそうじゃねえか。死んだ兄弟から聞いてたぜ〉

〈か、勘弁してくれ。本当に話しますから！〉

国木田が甲高い悲鳴を上げた。覆面男に襟首を摑まれて引きずられ、カメラの外へとフレームアウトする。

美濃部は覆面男のほうへ両腕を伸ばした。

〈よせ！　十朱だ。十朱義孝が神津組のトップに立ったからだ〉

〈どうして十朱がトップに立つと、神津組を支配したことになるんだ〉

〈貴様こそとぼけるな。あの男は……あの男は警視庁の警察官だ。組特隊が放った潜入捜査官だった。さあ、これで満足か！〉

美濃部は口を歪めて吠えた。

真里亜は暗い喜びを覚えた。このまま大前田たちに好き放題やらせてはどうかと。人を死に至らしめながらヤクザに媚び、なんの責任も取らずに議員バッジをつけている悪徳政治家と、栄達のために危うい計画を実行に移し、多くの人間たちの人生を狂わせた腐った警察官僚たち――相手はまっとうなやり方では裁けない連中だ。

〈続きは私が話す。国木田先生！　もう少しの我慢です。もう間もなく警官隊が駆けつける。気を確かに〉

美濃部が血の池に浸かりながらも、なりふり構わず時間稼ぎをしていた。

悪あがきもいいところだ。美濃部の必死な姿を目にしても、憐れみを覚えるどころか、大前田と同じように暴力を駆使して、さらに余罪をカメラの前で吐かせてやりたいとすら思う。

「行こう」

出月が液晶画面を見つめる真里亜たちを促した。

顔が熱くなった。凶暴なヤクザに共感し、拷問に加わりたいと思った己を恥じる。

「そうね」

自分は警察官なのだ。目の前で起きている暴虐を止め、彼らを捕えなければならない。

出月は納見に尋ねた。

「かまわないな」

〈あの世に行かれるよりはマシだ。仕方ない〉

典子がスマホの音を切り、出月たちはSUVを降りた。潮と排気ガスが混ざり合った港湾エリア独特の臭いが漂う。

出月がバックドアを開けた。荷室から伸縮式のハシゴを取り出し、典子はアサルトライフルを担いだ。どれも相模湖のアジトから拝借したものだ。

「いいな」

出月が開いたバックドアに手をかけた。真里亜たちはうなずいてみせた。

青海へ来るまでに作戦は練っていた。昨日まで拳銃などろくに撃った経験もない刑事と、腕にひどい刺し傷を負ったケガ人、マッサージが得意な高齢者と、攻め入るにはマンパワーが圧倒的に不足していたが。

だが、もう恐怖は感じていなかった。すっかり麻痺したのかもしれない。真実を摑み取らなければならないという義務感に強く突き動かされている。惨殺された姉の声も盛んに聞こえた――人殺しを捕えて。

出月は左肩でハシゴを担ぎ、バックドアを乱暴に閉めた。その音は隣の倉庫にいる男たちの耳にも届いた。

男たちが真里亜たちに気づいて血相を変えた。彼らは懐に手を伸ばすと、素早く拳銃を抜き出した。それでも真里亜たちは倉庫へと突き進む。

出月が手榴弾のピンを歯で抜いた。右腕で男たちへと放り投げる。

手榴弾は正確に裏口の前に落ちた。男たちは足元に転がる物体の正体に気づき、必死の形相で駆け出した。数メートル離れた地面に身を投げ出して頭を抱える。真里亜たちは木々に身を潜めた。

手榴弾が爆発した。轟音とともに突風が吹きつけ、身を寄せていた木の幹が震え、駐車場の車の窓が次々に砕けた。

あたり一帯が煙と埃に包まれるなか、真っ先に動いたのが出月だった。重量のあるハシゴを担いだまま、約一メートルの鉄柵を軽々と乗り越え、倉庫の表口のほうへと駆けていく。

真里亜も意を決して木の陰から出た。リボルバーを男たちに向けながら鉄柵を乗り越える。

男たちには抵抗する力はなさそうだった。作業服はズタズタに切り裂かれ、身体中を手榴弾の破片で穿たれたようだ。とくにブーツにはいくつもの穴が開き、足は赤い肉塊と化していた。

裏口のアルミ製のドアも同様だった。窓ガラスが跡形もなく吹き飛び、飴のようにぐにゃりとねじれている。手榴弾の威力をまざまざと見せつけられる。

真里亜がスタングレネードをポケットから取り出した。使い方は出月から簡単に教わった。ピンを抜いて裏口から倉庫内へと投げ入れ、倉庫の壁に身を潜めて爆発に備える。

再び轟音が響き渡り、ひどい耳鳴りに襲われた。倉庫内は花火が炸裂したかのようにまばゆい光に包まれる。

アルミ製のドアを蹴破って入った。スタングレネードの白煙で視界は濁っているが、やはりこの倉庫が大前田たちのアジトであるとわかった。床は液晶画面に映っていたのと同じ色のリノリウムだ。

バスケットボールができそうなほどの広い空間で、裏口近くには犯行に使用したと思しきミニバンが二台あった。倉庫の中央には撮影用のカメラと三脚が横倒しになっている。

大前田たちは二階へと続く鉄製階段を上っていた。拉致した美濃部らも連れている。

「待ちなさい！」

真里亜が声を張り上げた。自分の声がくぐもって聞こえる。

大前田たちも聴覚を奪われたのか、真里亜の呼びかけに反応しない。しかし、覆面男のひとりと目が合った。

真里亜と典子はミニバンの側面に隠れた。耳を聾（ろう）する銃声が一斉に鳴り響き、ミニバンの窓ガラスが割れた。真里亜たちの頭にガラスが降り注ぐ。

拳銃（けんじゅう）とは異質の銃声がした。大前田のアサルトライフルだ。ミニバンのドアに穴が開き、真里亜のすぐ横を弾丸が通過する。銃弾がミニバンを串刺しにするように通り抜け、倉庫の壁にまで到達した。

相模湖畔のアジトでの戦いのときにも思い知らされたが、まだまだ学習不足と言わざるを得ない。一般車のドア程度では防げないのだと、今になって改めて思い知らされる。

ミニバンが不気味な音を立て、貫いた弾丸が壁に当たる。漆喰（しっくい）が剝（は）がれ落ちる。

典子がタイヤを指さして叫んでいた。声は聞こえなかったが、タイヤに身を隠せと指示しているのがわかった。ミニバンの後輪に足を向けながら床に身を伏せる。

典子はミニバンの前部に身体を隠しつつ、エンジンルームを遮蔽物にしながら、アサルトライフルを構えた。

直後、典子の胸が弾（はじ）けた。血煙が上がり、彼女は後ろに下がる。壁に背中を預けながら、ずるずると床に腰を落とす。

「典子さん！」

真里亜は彼女のもとに近寄ろうとした。

しかし、ライフルの銃弾がミニバンのボディを貫き、壁の漆喰やコンクリートの欠片(かけら)が目にまで飛んでくる。容易に近づけさせてはくれない。

典子に何度も呼びかけた。うまく声が出ない。声帯を酷使しすぎて声がかれていた。

典子は胸だけでなく、口からも大量に血を吐き出した。顔色が白くなっていき、彼女は動かなくなった。

真里亜は後輪の陰から階段のあたりを覗(のぞ)いた。

M16を抱えた大前田を始めとして、覆面男たちが階段から発砲を繰り返していた。銃弾の風圧だの車の破片だのが真里亜を凍(い)てつかせる。

典子のように撃たれる己の姿がチラつくなか、真里亜は恐怖を押し殺してトリガーを引いた。弾丸が階段の支柱に当たる。

階段にいるのは大前田と覆面男たちだけではない。覆面男たちは美濃部や国木田を盾にしていた。彼らに弾を当てるわけにはいかない。連中の注意を真里亜に引きつけることこそが重要だった。

大前田や覆面男たちの銃弾が真里亜の傍の床で跳ね、ミニバンの下部に銃弾が当たる音がする。それでも、臆(おく)せずにトリガーを引き続けた。

五発の銃弾を撃ち尽くしたところで、大前田たちがいる階段で異変が起きた。もっとも上にいた大前田がM16を取り落とす。彼は苦しげに顔を歪めて手すりにもたれる。

大前田の背後には出月がいた。トルクレンチで後ろから彼の鎖骨を殴りつけたのだ。

彼は表口に回りこむと、ハシゴで二階の事務所から侵入した。スタングレネードで聴覚を奪われた大前田たちは、窓ガラスを破った出月に気づかなかった。

出月は右手のトルクレンチをさらに振るった。下の覆面男の首筋を打ち、国木田や美濃部を盾にしている男たちを左手の自動拳銃で撃った。男たちが階段を転げ落ち、激しかった銃声が止んだ。

「典子さん」

真里亜は典子のもとへと駆け寄った。

頸動脈に触れて脈を確かめながら典子に声をかけた。ライフル弾は心臓のあたりを貫いており、脈も呼吸も止まっている。彼女は急所を撃たれながらも、なぜか顔に微笑みを湛えていた。せめて彼女が苦しまずに逝けたと思いたかった。

「兼高！」

階段のほうに目をやった。大前田の咆吼を耳にする。

大前田が刃物を手にし、上から出月を突こうとした。出月がそれよりも早く、大前田の前腕をトルクレンチで払いのけた。彼の細い前腕が奇妙な方向に折れ、刃物は遠くへと飛んでいった。

大前田は再び手すりにもたれた。

「病み上がりじゃ……ここらが精一杯か」

出月は自動拳銃を大前田の頭に突きつけた。

「あんた……おれをわざと呼び寄せたな」

「そりゃそうだろ。腐った役人と政治家だけじゃ物足りねえ。お前にもケジメつけさせる。じゃなきゃ、土岐や熊沢に合わせる顔がねえ。今も東鞘会で踏ん張ってる若い衆にもだ」

大前田は踏板のうえに尻餅(しりもち)をついた。

真里亜はリボルバーに弾薬を装塡(そうてん)した。大前田も覆面男たちも抵抗の意志を示そうとはしない。男たちのなかには気絶した者もいるようだ。階下の床に転落したまま動こうとしない。

「た、助かったのか。お前、警察官か！」

国木田が真里亜に叫んだ。真里亜はうなずいてみせた。

「ええ」

「こいつらを殺せ、撃ち殺せ。ここには警視総監もいる。好きなだけ出世もさせる。特別な賞与もやる。だから、このヤクザ者(もん)をひとり残らずぶっ殺せ！」

国木田が倉庫内に響き渡る声で吠(ほ)えた。真里亜は彼の言葉を無視して、慎重に階段へと歩を進める。

「なにしてやがる。早く撃て！」

大前田が腹を揺すって笑った。

腕をへし折られているのにもかかわらず、痛みを顔に出そうとはしない。国木田が大前田を睨んだ。

「なにがおかしい！」

「あんたの株がまた一段と下がったな。政治家がそんなヤカラみてえな口利いちゃまずいだろう。あんたの本性を世界中のみんなに知られちまったな」

国木田が口を押さえて青くなった。カメラの三脚はスタングレネードの爆風で倒れたものの、ライブ配信自体は未だに続いたままのようだ。カメラはまだ作動し続けているようで、液晶モニターには倉庫の風景が映っている。

「仕方ねえ。お前にくれてやらあ」

大前田は出月を見上げた。

「なにを」

大前田は国木田や美濃部を見やった。

美濃部は国木田と違って、命拾いしたとは思っていないようだ。身体を小刻みに震わせている。

「とぼけるなよ。おれやこいつらの命だ。殺し甲斐があるぞ。恨みに恨んでいるだろうが」

「もう黙って！」

真里亜は大前田にリボルバーを向けて命じた。しゃがれた声しか出ない。

彼は喋（しゃべ）り続けた。

「こいつらは悪党を憎むお前を散々利用した。心の奥にあった憤怒を目覚めさせてな。命を賭（と）して戦ったお前に勲章ひとつ与えず、お前の存在丸ごと消そうとしやがった。無関係な親まで焼き殺してな。頭を叩き割るのにふさわしい腐れ外道だ」

美濃部は全身を震わせながらも胸を張った。

「私は命じていない。あれは組特隊（ソトク）が勝手にやったことだ」

大前田は美濃部をせせら笑った。出月になおも語りかける。

「聞いたか。ヤクザ顔負けの常套句（じょうとうく）だ。生かしておいても、ろくなことになりゃしねえ。早く殺（や）れ！　一生後悔するぞ」

倉庫の周囲で物音がした。

裏口に目をやると、すでに多くのやじ馬がいた。防弾ベストを着た制服警察官の姿も目に入る。

出月は首を横に振った。

「兼高昭吾は殺人鬼の異常者だった。今のおれは出月梧郎で、殺しはやらない」

「なに言ってやがる」

出月はトルクレンチと自動拳銃を床に放り捨てた。立て続けに金属音が鳴る。

「大前田さん、生きてくれ」

出月は大前田を抱きかかえた。優しく包むような抱擁だ。大前田が哀しげに顔をしかめる。

「なんだよ……お前はどこまで残酷なクソ野郎なんだ」

真里亜は覆面男たちに簡易手錠をかけた。

国木田が簡易手錠を外すようにせがんだ。彼をどかして階段を上る。

裏口から警官隊が入ってきた。サブマシンガンを持った特殊部隊員だ。顔をヘルメットとマスクで隠しており、表情はうかがい知れない。

真里亜は出月に訊いた。

「逃げなくていいの？」

「もう無理だ。それに――」

出月は裏口を見やった。

「やつを信じるさ」

重装備の警察官のなかに、くたびれた背広姿の小男がいた。納見だ。彼は出月たちに向かってうなずいてみせる。

特殊部隊員たちは鎧のような重装備をしていたが、素早く移動して美濃部と国木田を保護した。覆面男たちを床に這わせる。階上にいる大前田や出月にサブマシンガンを突きつける。

納見が特殊部隊員の班長と思しき人物に声をかけた。特殊部隊員がサブマシンガンの銃口を下に向ける。

出月が真里亜に両手を差し出した。

「さあ」

「え？」

「手錠だよ。おれにもかけろ」

「どうして。あなたには必要ない」

「刑事がそんなことでどうする。おれは残忍な殺し屋だ。その過去は決して消えない」

真里亜はためらった。

もはや逃走は無理だろう。倉庫の周囲は何重にも警官隊が包囲しているはずだ。

それでも、出月には逃げてほしかった。彼に待っているのは自由とは無縁の獄中生活だ。上司からの命令とはいえ、彼が殺害してきた人間の数は二桁にもなる。死刑となる可能性さえ高く、事情を考慮されたとしても、残りの人生を塀のなかで過ごすことになる。

それだけではない。警視庁からも命を狙われたのだ。彼が勾留中に抹殺される事態も考えられる。出月はそれも承知のうえで逮捕されるのを望んでいるのだ。

「……わかった」

真里亜は簡易手錠で彼の両手を拘束した。出月は頬を緩ませ、天を仰ぐ。

「ずっと裁かれたかった。おれの旅もこれで終われる」

出月は柔和な表情を見せた。こんな優しい顔をする男だったのかと、真里亜は目を見張る。

大前田が特殊部隊員に腕を摑まれながら階段を下りた。真里亜たちも後に続く。

真里亜は出月の前に立った。彼の盾となりながら歩く。銃弾がどこから飛んできてもいいように。

出月が言った。

「お前に会えてよかった。また警官に戻れた気がした」

「あなたの夢は私が引き継ぐ」

真里亜は自身にも言い聞かせた。

自分はまだ戦い続けなければならない。

刑事として真相を明らかにし、そしてこの男を守り抜くのだ。

そう誓いながら彼女は出月とともに倉庫を出た。出月が眩しそうに右目を細めながら空を見上げた。

※

真里亜はエレベーターで十階まで上がった。東京拘置所の係員に面会室へと案内される。

室内は三畳ほどの広さで薄暗かった。真ん中にアクリル製の遮蔽板があり、面会人との間が仕切られている。彼が来るまで椅子に座って待つ。訪れるたびに圧迫感と重苦しさを覚え、心臓の鼓動が速まる。ここが死刑囚を収容するフロアだからかもしれない。

ほどなくして、屈強な刑務官に連れられた出月が面会室に入ってきた。スウェットにサンダルというラフな恰好だ。手にはスケッチブックとノートがある。

あれから二十年以上の月日が流れた。

にもかかわらず、出月の姿はあのころからあまり変わっていない。頭髪が灰色に変わったぐらいで、真里亜と違って老いを感じさせない。いつ死が襲ってくるかもわからないのに、彼はいつも優しい表情で面会者を迎えていた。

出月は刑務官とともに座った。真里亜が先に口を開いた。

「あなたの分まで祈ってきた」

「すまなかった。相変わらず多忙だろうに」

彼女は首を横に振った。

「そうでもない。不謹慎な話だけど、久々にゆったりと旅をさせてもらったから」

今年は一連の事件で死亡した者たちの二十三回忌にあたる。溜まっていた有給休暇を使い、典子や町本、樺島たちの菩提寺を訪れて墓参りをした。とくに町本が眠る墓は遠く、鹿児島の遠い田舎町にあった。彼の親族に挨拶し、墓に手を合わせてきた。

町本と樺島の行方は、あの事件から三週間後に判明した。華岡組の殺し屋の生き残りが取り調べに屈し、町本殺害を自供したのだ。東小金井のアパートで町本と樺島を殺害した後、青梅市の山林に埋めたと供述した。

出月が相槌を打った。

「捜査一課長になったら、それこそ休みどころじゃなくなる」

「なぜそれを？」

「世間からすっかり忘れ去られた死刑囚に、しつこく会いに来てくれるジャーナリストさんがいるのさ」

「車田さんね」

「ああ」

〝兼高ファイル〟の真相を追っていた車田は、警視庁組特隊の闇に迫り、怖れを知らぬノンフィクションライターとして名を馳せた。

その後も巨大宗教団体や官房機密費の具体的使途といった聖域にも果敢に飛び込んでは数々の賞を獲得。今は業界の大御所として健筆を振るっている。

「最年少でなおかつ女性の捜査一課長だ。新聞にもデカデカと載っていたよ」

出月は柔らかな微笑を浮かべた。

真里亜の胸が小さく痛み、あの事件の日に引き戻されたような気がした。血と硝煙の臭いが鼻をつき、いくつもの銃弾が傍を通り抜ける音を耳にした。

あの修羅場を生き残ってから、しばらくは平穏とは無縁の暮らしが待っていた。

美濃部の息がかかった警察官や華岡組から命を狙われるとして、三ヶ月の休職を余儀なくされ、納見が用意してくれた隠れ家を転々とした。三重や沖縄の離島で過ごした時期もある。出月を守り抜くどころか、己の身の安全を確保しなければならなかった。その年の世間の話題は警視庁一色となった。美濃部や国木田にとっては、あの場で射殺されたほうがよかったかもしれない。警視庁組特隊の闇は世界中に報道され、蜂の巣を突いたような騒ぎになった。

大前田が行ったライブ配信は、メディアによって何度も繰り返し流された。拷問による自白とはいえ、現役の警視総監と国会議員の口から飛び出した内容は、世間の注目を浴びるのに充分なインパクトがあった。

国木田はあの事件以来、病気を理由に雲隠れをし、最後まで表に出ることはなかった。有名モデルを死に至らしめた件はすでに時効を迎えていたが、彼の悪行を暴露する者がメディアや動画サイトに次々に現れたのだ。

事件から三ヶ月後、国木田の死体が石垣島の別荘のベッドで発見された。死因はアルコールと鎮痛薬による中毒死だった。国木田の死とほぼ同時期に、大前田も肝硬変で死亡している。

美濃部は依願退職に追いこまれた。事件から半年後に内部情報を国木田側に流したとの疑いで、国家公務員法違反で逮捕された。東鞘会への捜査員の〝投入〟を決めた男で、同会幹部の殺害や出月の口封じを目論んだ黒幕だったが、彼に裁きが訪れる日はやって来なかった。長い公判の最中に脳卒中で倒れ、そのまま三年もの間、寝たきり生活を送った末に息を引き取った。警察史上最悪の警視総監という悪名とともにあの世に旅立ったのだ。

真里亜は胸を張ってみせた。

「ただの広告塔で終わるつもりはない。警察人生の総仕上げとしてがむしゃらにやるだけ」

美濃部の後を継いだ警視総監は、地に落ちた警視庁の信頼を回復するためと称し、組特隊に容赦なくメスを入れた。

隊長の近田は国家公務員法違反や殺人教唆、死体遺棄や証拠隠滅などの罪に問われ、十四年にわたる法廷闘争の末に死刑判決が下され、彼の側近たちも長期刑が科された。

その警視総監は一方で新たな英雄を求めた。組特隊と対峙し、暴力団と戦った真里亜の奮闘を称え、生まれ変わった警視庁の象徴として祭り上げた。真里亜は刑事畑のエースとして要職を任された。最年少の女性捜査一課長が誕生したのも、そんな内部の事情が複雑に絡んだ結果によるものだ。

出月がふいに深々と頭を下げた。真里亜が訊いた。

「どうしたの？」

「おれの夢を継いでくれた。ありがとう」

「まだまだこれからよ」

真里亜は鼻で笑ってみせた。

彼女のほうの夢は叶わなかった。出月が塀の外に出られる日を望んだが、その願いはもう何年も前に潰えてしまった。

死刑判決が下されたのは近田や華岡組の殺し屋だけではない。出月にも複数の殺人罪で死刑が言い渡され、彼こそが一連の事件でもっとも早い確定死刑囚となった。逮捕された五年後に東京地裁で判決を受けると、弁護士の説得に耳を貸さず、控訴をしなかったために死刑が確定したのだ。

かつて確定死刑囚は弁護士と限られた親族しか会えなかった。国連や日弁連の働きかけもあり、近年になってジャーナリストや知人も面会が許可されるようになった。

出月は十七年もの間を確定死刑囚として、この小菅で刑の執行を待ち続けていた。しかし、歴代の法務大臣は死刑執行命令書にサインをしなかった。世論が出月に対して同情的であるのに加え、せっかく忘れ去られつつある警視庁の悪行が、出月の死によって蒸し返されるのを嫌がっているためと噂されている。

出月が指で頬を掻いた。顔を恥ずかしそうに赤らめる。

「それで……また見てもらっていいか？」

「新作ができたの？」

「これだ」

出月は嬉しそうにスケッチブックを開いた。絵画は彼の新たな生きがいだった。

真里亜は老眼鏡をかけた。

「それは……」

〝宴〟と題された色鉛筆の画だ。雲ひとつない青空と満開の桜のもとで、大勢の人々が楽しげに酒を酌み交わしている。

人々には顔が描かれていない。細い身体つきの男がメシをかっこみ、ふくよかな体形の男がタバコをくゆらせ、杖を突いた小柄な男と相撲取りのような男が歌を披露している。キャップを被った女性が酒を飲み、桜の枝に座った長身の男が彼らを静かに見下ろしている。

真里亜はそれぞれ誰なのかがわかる。もう誰も刃物や銃器を手にしていない。持っているのは酒器や楽器だ。敵味方を分ける壁も境目もない。

「とても美しい画ね」

真里亜は感想を口にした。本心だった。

「とても美しい」

〈完〉

本書は書き下ろしです。

天国の修羅たち

深町秋生

令和4年 8月25日　初版発行

発行者●堀内大示

発行●株式会社KADOKAWA
〒102-8177　東京都千代田区富士見2-13-3
電話　0570-002-301（ナビダイヤル）

角川文庫 23282

印刷所●株式会社暁印刷
製本所●本間製本株式会社

表紙画●和田三造

●お問い合わせ
https://www.kadokawa.co.jp/（「お問い合わせ」へお進みください）
※内容によっては、お答えできない場合があります。
※サポートは日本国内のみとさせていただきます。
※Japanese text only

ISBN 978-4-04-111941-9　C0193

◇◇◇

角川文庫発刊に際して

角川源義

第二次世界大戦の敗北は、軍事力の敗北であった以上に、私たちの若い文化力の敗退であった。私たちの文化が戦争に対して如何に無力であり、単なるあだ花に過ぎなかったかを、私たちは身を以て体験し痛感した。西洋近代文化の摂取にとって、明治以後八十年の歳月は決して短かすぎたとは言えない。にもかかわらず、近代文化の伝統を確立し、自由な批判と柔軟な良識に富む文化層として自らを形成することに私たちは失敗して来た。そしてこれは、各層への文化の普及滲透を任務とする出版人の責任でもあった。

一九四五年以来、私たちは再び振出しに戻り、第一歩から踏み出すことを余儀なくされた。これは大きな不幸ではあるが、反面、これまでの混沌・未熟・歪曲の中にあった我が国の文化に秩序と確たる基礎を齎らすためには絶好の機会でもある。角川書店は、このような祖国の文化的危機にあたり、微力をも顧みず再建の礎石たるべき抱負と決意とをもって出発したが、ここに創立以来の念願を果すべく角川文庫を発刊する。これまで刊行されたあらゆる全集叢書文庫類の長所と短所とを検討し、古今東西の不朽の典籍を、良心的編集のもとに、廉価に、そして書架にふさわしい美本として、多くのひとびとに提供しようとする。しかし私たちは徒らに百科全書的な知識のジレッタントを作ることを目的とせず、あくまで祖国の文化に秩序と再建への道を示し、この文庫を角川書店の栄ある事業として、今後永久に継続発展せしめ、学芸と教養との殿堂として大成せんことを期したい。多くの読書子の愛情ある忠言と支持とによって、この希望と抱負とを完遂せしめられんことを願う。

一九四九年五月三日